T0274354

Ocaso y fascinación

EVA BALTASAR
Ocaso y fascinación

Traducción de Concha Cardeñoso

RANDOM HOUSE

Papel certificado por el Forest Stewardship Council®

Penguin
Random House
Grupo Editorial

Título original: *Ocàs i fascinació*

Primera edición: abril de 2024

© 2024, Club Editor 1959, S. L. U., y Eva Baltasar
SalmaiaLit, Agencia Literaria
© 2024, Penguin Random House Grupo Editorial, S. A. U.
Travessera de Gràcia, 47-49. 08021 Barcelona
© 2024, Concha Cardeñoso, por la traducción

Printed in Spain – Impreso en España

ISBN: 978-84-397-4394-1
Depósito legal: B-1.745-2024

Compuesto en La Nueva Edimac, S. L.
Impreso en EGEDSA (Sabadell, Barcelona)

RH 4 3 9 4 1

A Eli

OCASO

En la casa del polvo en la que yo entré.

Poema de Gilgamesh

Tengo casa nueva. Dicho así es como si ya viviera en ella o fuera a mudarme enseguida. Como si la acabara de comprar o de alquilar. Nada más lejos. Hay varias formas de tener casas. Yo tengo las casas que me eligen, las que me quieren para que vaya a limpiar.

Es lunes. Hace frío. En esta habitación siempre hace frío. La calefacción no funciona. A los pies de la cama hay un radiador de hierro con una gruesa capa de pintura marrón. El hierro oxidado asoma por los desconchones. Hace tres años, cuando alquilé la habitación, el radiador siempre estaba templado. Un día se enfrió y no ha vuelto a encenderse. Por lo visto el problema está en la caldera, que es vieja. Tendríamos que arreglarla, pero nadie quiere poner dinero.

Abro el armario y saco una camiseta, bragas y calcetines. Lo meto todo en la bolsa, donde ya tengo la toalla. Recojo los vaqueros del suelo. Los mismos desde hace una semana, podrían sostenerse de pie. La tela de la culera y de las rodilleras está suave y gastada. Me los pongo y me encuentro bien. Aguantarán un día más.

No hay nadie en la cocina. Migas en el mármol. El fregadero, vacío. Un montón de platos limpios encima de un trapo, al lado de la ventana. En el alféizar, un tiesto con un cactus cubierto de escarcha. Le perjudica. Si no fuera por la tostadora y los platos, podría abrir una hoja y meterlo dentro. Cuando vuelva por la noche los platos ya no estarán. Pero al otro lado de la ventana no habrá nada. Solo la oscuridad, que impide acordarse.

Pongo un cazo de agua a hervir. Espero una eternidad. Cuando empiezan a subir burbujas apago el fuego. Lleno una taza de agua, escaldo la bolsita de té. Un segundo, dos segundos, tres segundos. La meto, la saco. La infusiono como si fuera un pulpo, hasta que el agua se pone de color caramelo. Deshago una cucharada de azúcar y me la bebo deprisa, a tragos pequeños que queman. Antes de irme le pongo un poco de pienso al gato. Las bolas de pienso caen directamente al plato y tapan unos restos negros. Suele venir enseguida en cuanto oye este ruido, aunque no tenga hambre. Si no viene es que está con alguien, encerrado en una habitación. Echo un vistazo al rincón de la arena. Está llena de cagadas rebozadas, pero no tengo tiempo de quitarlas. Enjuago la taza y la dejo boca abajo, con los platos. Me abrocho la chaqueta, compruebo que llevo los guantes, cojo la bolsa y las llaves y me voy.

Se han meado en la puerta de la calle. Un hombre o un perro grande. La meada es turbia, se escurre chapa abajo y se extiende por la acera siguiendo los regueros que marcan los adoquines. Oro líquido, pienso. Y me echo a reír yo sola. Voy a paso vivo. El aire helado es de una pieza y me cuesta que entre en los pulmones, me lacera. Se me ha olvidado la gorra y no llevo capucha. El pelo corto no abriga nada, es como si fuera calva. Me noto el cráneo liso y duro, congelado. Ando y humeo. De vez en cuando bato palmas con los guantes puestos y suena como si sacudiera cojines. Al fondo, las montañas, grises y quietas. El cielo —¡qué cielo!—, limpio como el cuarzo. Ha inspirado y se ha llenado de luz. Está a punto de liberarla.

Cruzo calles con el semáforo en rojo. Hay pocos coches. La mayoría van en dirección a la autopista. Coches enormes, caros. Salen de puertas de garaje que se abren y se cierran solas, con un zumbido monótono que termina en un clic. Las casas de detrás, tranquilas al amparo de muros y laureles. Encuentro la dirección sin dificultad. La busqué ayer, y también el tiempo que tardaría en llegar a pie. Media hora, decía. He tardado la mitad. Es lo bueno de vivir en una ciudad pequeña. Todo está cerca. Las zonas residenciales, a quince minutos de las casas viejas de la judería.

Las siete menos diez. Me gusta ser puntual, pero no molestar llegando antes de tiempo. Me apoyo en el muro, hurgo en un bolsillo y saco una cajita de chicle. Está vacía. La arrugo, me quito el guante y meto la mano en el bolsillo. Toco un montoncito de chicles, que parecen piedrecillas. Cojo uno, lo froto contra los vaqueros y me lo meto en la boca. El frío lo ha endurecido y me cuesta masticarlo. Miro al cielo, blanco todavía, pero con una brecha azul donde la mañana ha clavado la lanza. Se me ocurre que, si el cielo oliera a algo, sería a menta, y no sería azul, sino verde. En la casa de enfrente, un perro pequeño intenta olisquearme sacando la cabeza entre los barrotes. Es gordo y de pelo claro, con una mancha oscura en el cuello. He limpiado alfombras con manchas de café parecidas. Iba a decirme que era bonito cuando suelta un gruñido que termina en un ladrido. Me ladra hasta que se harta, no más de un minuto, y se queda mirándome, jadeando, qué feo.

Las siete en punto. Escupo el chicle y llamo al timbre. Aparezco en la pantalla del interfono: una sombra encogida y gris con un bulto en la espalda. La viva imagen de un ladrón. Le enseño la cara y anuncio mi nombre y mi ocupación. Hace cien años no me habrían contratado ni para mayordoma ni para criada, me habría faltado circunspección, ciertos modales. Pero aquí estoy, una mujer de la limpieza con mala pinta que trabaja bien y que no cobra tanto como las demás. La cuestión no es limpiar. Sé sacarle brillo a la limpieza. En los suelos, en los muebles, en los cristales. En los detalles. Con inteligencia. Limpio con las manos y construyo un mundo de limpieza hospitalaria. Un mundo con esencia de geranio y de mandarina. En el que un doblez de la tela es tan definitivo como colocar fruta en un plato o el equilibrio entre las patas de las mesas y las sillas. Ordeno y limpio. Limpio y pulo. Limpiar es una forma de sustraer, y ordenar, de disponer. Pulir tiene que ver con los brazos, con la fuerza de la resolución concentrada en los puños y en los brazos. Cuando se pule una cosa aparece una luz especial en la superficie. Un lustre aceitoso y seco como el de los rubíes, un resplandor que nos hace pensar en las almas. Soy incapaz de creer que un aparador, por ejemplo, tenga algo de extraordinario, pero soy lo bastante hábil para llegar a hacerlo creer. Elijo tres o cuatro objetos de cada habitación. Pueden ser decorativos, funcionales o simples cachivaches sin importancia. Da igual. Objetos que se ven, una vitrina o un reloj, o que se tocan sin darnos cuenta, como una puerta o una jabonera. Y los pulo. Si hablamos de acero, un trapo empapado en ginebra vale más que una varita. Si de mármol, bicarbonato, y lo mismo para la porcelana. La madera ama los aceites. El vidrio y el cristal, el vinagre. Para la piel, cualquier crema. Lustro, froto, abrillanto. De pie, sentada y arrodillada. Doy luz a las cosas y no les quito nada, es una gracia que les ofrezco. Después, creo alrededor el espacio que necesita el objeto en cuestión para que se esparza la luz. Ordeno, recojo, recoloco, tapo. Busco el centro de cada pequeño universo que son las estancias y lo establezco. Puede ser un solo jarrón, la referencia a partir de la que se articulan una chimenea falsa y dos sillones. Cualquiera que se acerque a este centro recibe la influencia y nota que forma parte de un sitio completo, que encaja. Encajar es un sentimiento agradable. Es el único poder que tengo: conseguir que pase esto y considerarme por ello necesaria hasta cierto punto. Cuando termino la tarea recojo mis útiles, los guardo en la bolsa, cojo el dinero, que ya está preparado en el recibidor, y me voy. Cierro de golpe o con llave, depende de cada casa. En algunas incluso me piden que active la alarma. Generalmente trabajo en casas y pisos sin gente, cuando se han ido a trabajar. Me encargo de que sea así, no soporto tener a nadie encima mientras trasteo. Selecciono la clientela: hombres y mujeres solos, familias atolondradas. Gente que necesita a alguien de confianza, que quiere llegar a casa por la noche y encontrársela en orden. Las camas planchadas, la cocina y los baños perfectos. Les sirvo en bandeja la vida doméstica que desean. Con el tiempo me he dado cuenta de que viene bien sorprenderlos. Un día descubren que arreglo persianas, otro, que desatasco fregaderos. No tardan en confiarme la colada. Creen que son afortunados y tal vez lo sean, pero en realidad no saben nada de mí, de todo lo que hago cuando estoy sola en su casa. De vez en cuando les llevo un tarro de miel y les cuento que es del pueblo de mi madre. Se lo creen. Me lo agradecen y tienen la sensación de que soy de la familia, algo menos que el gato o el perro, pero necesaria a fin de cuentas. Una persona estimable, curiosamente.

Vine a parar aquí porque el alquiler de habitaciones era más barato que en Barcelona, donde vivía de realquilada desde los tiempos de la universidad. La habitación que había ocupado los últimos años no era gran cosa, pero de todos modos, una pareja de colombianas ofreció el doble y me echaron. La casera me dio cuarenta y ocho horas de margen para que me buscara otro sitio. Era joven, morena, altísima. Se llamaba Cynthia. Tenía en la frente algo parecido a una mancha mongólica que recordaba a un croissant. La habría podido disimular fácilmente con el flequillo, pero ella no era así. La exhibía. Llevaba la tosca cola de caballo sujeta con un nudo fuerte en la coronilla. La frente despejada, con aquel pegote en medio, las ventanas de la nariz siempre abiertas de par en par, a la defensiva. Podría haberse pasado el día practicando vudú, pero hacia una cosa mucho menos interesante: estudiaba economía. No hacía caso a nadie. Vivía en su suite con baño incorporado y no utilizaba las zonas comunes. Tampoco cocinaba. Se alimentaba de fruta y queso y solo salía de la habitación para cobrar los alquileres, ir a la universidad y poner la lavadora de vez en cuando. Yo la admiraba en secreto. Me maravillaba su resolución. Envidiaba el control que tenía, la capacidad de levantar una fortificación mientras se armaba. Y yo, que partía de una situación más ventajosa que la suya, a duras penas había conseguido hacerme con cuatro tronquillos: la balsa que me llevaba a la deriva.

Es cierto que pasé dos días pensando en matarla. Lo pensaba en el trabajo, en la ludoteca de un barrio. Lo pensaba mientras arrastraba el cesto verde con rueditas por los pasillos del súper. Mientras ayudaba con los deberes a un niño chino que se esforzaba mucho pero que no entendía nada. Cuando dejaba los paquetes de cereales y el bote de leche condensada en la cinta transportadora de la caja. Se me ocurrían conjuros estúpidos y fantaseaba con ellos con un convencimiento pueril. Me llenaba la cabeza de palabras como «ofrenda», «demonio», «condenada». Me imaginaba ritos con alfombras y pollos. Descubrí que el deseo de matar no tenía nada que ver con el de amar. Se ama sin querer. Se mata conscientemente. El mal no es una fuerza, es un concepto. Designa el rechazo y sus consecuencias cuando son inadmisibles. Por eso se puede hablar del mal pero es una cosa que no se entiende. Yo lo presentía en mis fantasías y me consolaba. El mal era un supuesto que me hacía compañía.

Llegó el último día de plazo. La última hora, las tres de la tarde. Decidí hacer como si tal cosa. Cynthia vivía de una ilegalidad. No tenía nada con qué defenderse si yo me empeñaba en quedarme. Me duché y me puse unos pantalones de chándal y una camiseta limpia. Me tumbé en la cama con una bolsa de patatas y el portátil en el regazo y empecé a buscar una película. Tenía una larguísima tarde de domingo por delante. A las tres y cinco llamaron a la puerta. Abrí. Era ella. Echó un vistazo a la habitación y me miró de arriba abajo con cara de asco. «Deberías haberte largado ya»,* dijo. «Que se marchen los de la habitación del fondo, que llegaron más tarde y encima no respetan las normas.» Ni se inmutó. «Fuera.» La mancha mongólica pasó del azul al rojo. «No pienso irme», la desafié. Se me desbocaron las arterias. Me cerró la puerta en las narices. Me quedé como atrapada un momento. Esperé unos segundos y me asomé al pasillo. Nadie. Volví a cerrar y me caí, mareada, en la cama. No sabía que el triunfo pudiera ser esto, vaciar la petaca de un solo trago.

Media hora después estaba en el vestíbulo del edificio. Mis cosas iban cayendo desde el quinto piso por el hueco de la escalera. Dos mujeres habían irrumpido en la habitación sin decir nada. Eran enormes, dos moles. Me agarraron y me levantaron en volandas. Grité una sola vez, porque ese grito parecía un animal desfigurado que hubiera escupido, y eso me aterrorizó más que las dos bestias de cara oscura y ombligo enorme al aire. Una de ellas me empotró contra la pared agarrándome por el cuello de la ca-

* Este personaje habla en castellano en el original.

19

miseta, que se rasgó con un ruido espantoso. Me clavó el puño en el pecho, desafiándome con un anillote manchado de sangre más brillante que el oro. Estampó su frente contra la mía y se me quedó mirando con unos ojos feroces, estáticos y manchados de rímel mientras formulaba la amenaza definitiva, una amenaza hecha de respiración que se me incrustó mucho más adentro que donde se incrustan las palabras. No abrieron la boca en ningún momento y entonces aprendí una cosa: que la violencia muda es la más sádica. Fue un momento álgido de pánico y de clarividencia. Después me soltó y la otra me echó de casa a empujones. Luego sucedió todo muy deprisa. Las colombianas me arrastraron escaleras abajo. No andaba, volaba. Cuando llegamos al primer rellano intenté forcejear, pero ellas aprovecharon para sujetarme mejor. Me vinieron imágenes de manicomios, escenas brutales de películas en blanco y negro. Creía que había enloquecido porque me retorcía y gemía, pues eso, como una loca. Estoy segura de que si no hubiera llevado el pelo corto, me habrían rapado de cualquier manera antes de tirarme contra la pared de los buzones de la entrada.

Me dejaron allí tirada y se perdieron escaleras arriba. En un visto y no visto empezaron a estrellarse mis pertenencias. Ropa, libros, zapatos, la maleta. El ordenador cayó abierto y se partió en dos. Todo terminó con una carcajada y un portazo. Silencio. Un silencio interior, porque lo tenía todo dentro de mí, fuera ya no había nada. Estaba conmocionada.

Sería una estupidez decir que no entendía nada. Sabía perfectamente lo que había pasado, pero era incapaz de moverme. Tenía la sensación de ser el epicentro de la desgracia. Toda yo y todo lo que me rodeaba, el vestíbulo, el edificio, la ciudad entera: todo arrasado. El ámbito que me había contenido, el terrario en el que la existencia era posible, aunque fuera precaria, había desaparecido. Definitivamente. La vida me pareció horrorosa porque era irrevocable. En cuanto lo entendí empezó a dolerme todo el cuerpo. Primero los brazos. Después la cabeza, el pecho, la espalda. Me sangraba un codo. Me lo toqué y fue como tocarle una herida a un niño pequeño, se me escapó un sollozo inmenso, necesitaba que me abrazaran. Por primera vez en la vida había sido objeto de violencia física. Me había tenido por fuerte y desafiante y lo había pagado caro: había sido expulsada, maltratada, abandonada. El miedo se me había vertido por dentro, una mancha descomunal dispuesta a ocuparlo todo con sus contornos de muerte y un olor incontestable.

Si hubiera sucedido a medianoche habría tardado horas en reaccionar. Pero eran las tres y media de la tarde. En algún momento alguien llamó al ascensor y, cuando el motor se puso en marcha, las piernas me respondieron con una presteza que me dejó pasmada. Me sequé las lágrimas, me limpié los mocos con la manga, corrí a donde estaba esparcida mi vida, abrí la maleta y metí todos los libros y toda la ropa que pude. Me puse la chaqueta y unas botas. Embutí el ordenador y la ropa sobrante en el cubo de reciclaje. Salió un perrito del ascensor. Tiraba de un vecino por la correa y se lo llevó directamente a la calle. Ni el uno ni el otro se fijaron en mí. Palpé los bolsillos de la chaqueta. La cartera estaba, pero el móvil no. Abrí la maleta y hurgué entre la ropa, tampoco. Rebusqué en el cubo. Saqué el ordenador, revolví entre la ropa, rasqué el montón de propaganda y de cartas rechazadas que había al fondo. Pero nada. Perder el móvil fue como perder el rumbo o el corazón. No sabía adónde ir, no tenía ánimo para nada, no pensaba. No concebía volver a subir las escaleras, y menos aún entrar en el ascensor y tener que apretar un botón. Me habían robado la cama. Me habían robado el techo y el derecho a baño y cocina. Me había quedado sin ordenador, sin móvil y sin cepillo de dientes. Tenía veintisiete años y estaba acabada.

Pasé la noche en el cuarto del descalcificador. Era pequeño y tranquilo, al menos con la maquinaria en reposo. Había una bombillita en la pared que se encendió al apretar el interruptor. Amontoné la ropa en el suelo de cemento y me tumbé encima. No tenía hambre ni sed. Solo frío y mucho sueño. Me dormí enseguida, tapada con la chaqueta y con la luz encendida. No soñé nada. Fue como caerme al vacío o abrazar lo absoluto. Había sido un golpe tan duro que hasta el inconsciente se rindió y se sometió al sueño, un sueño átono, insensible.

Podía haberme despertado diez años más tarde, pero me desperté al día siguiente. Y me obligó una voz de mujer. Cantaba. La canción irrumpió como un hueso en una radiografía. Hablaba de desamor con alegría, como si el amor fuera un invasor expulsado. Me levanté procurando no hacer ruido. Estaba entumecida y me estaba meando. Saqué los brazos de la camiseta un segundo para ponerme un sujetador que se me había enredado en el tobillo. Me levanté para cambiarme los pantalones de chándal por unos vaqueros y volví a meter en la maleta de cualquier manera la ropa esparcida por el suelo. Me senté encima y apagué la luz.

El día empezó con esa pausa. Y con la canción, que parecía más real que yo. No podía saber la hora de ninguna manera, pero supuse que sería lunes por la mañana. Quería dejar de existir sin morirme. Porque en realidad no quería morirme, pero me habría venido muy bien no ser, dejar la existencia para más adelante. Me espabilaron unos escobazos contra la parte de abajo de la puerta. Y esa voz de mujer mayor, que exaltaba el final de lo que nos hace fuertes, en teoría.

A las cinco me esperaban en la ludoteca. Era una mierda de trabajo, cuatro tardes a la semana, pero, con el inútil título de pedagogía, podía dar gracias de tenerlo. Entre eso y algunos canguros, a veces esporádicos, a veces fijos, me las había ido apañando unos años. Sin garantías, sin futuro, con un abanico extraordinario de carencias grandes y pequeñas. Llevaba una vida parca. Trabajaba en centros infantiles y ludotecas y me resultaba fácil conocer a gente en el trabajo. De vez en cuando salía a tomar una cerveza con los compañeros. Con el tiempo podía llegar a hacerme amiga de un chico o de una chica que, con suerte, se convertía en amante. Pero los perdía en cuanto se terminaba el trabajo. Renunciaba a verlos, a quedar con ellos. No les devolvía los mensajes ni las llamadas y un día dejaban de insistir. Y se acabó. Perder un trabajo o dejarlo favorecía un momento increíble, el de sacar la cabeza a la superficie después de bucear a pulmón hasta el límite. Era el momento de la única verdad, la del oxígeno que me lo devolvía todo: la libertad, la vida. Acogerlo me aliviaba porque, en el fondo, creo que la gente me daba igual. Hasta los niños, que justificaban mi mísero sueldo. Hijos de familias más míseras todavía. Trabajar con ellos me convertía en una referencia y eso me inquietaba. Para ellos era la misma cara en el mismo sitio acogedor una o dos horas todas las tardes. Un nudo al que agarrarse en la cuerda deshilachada de su infancia. Un nudo puede ser algo o no ser nada, pero nunca lo será todo. Desconfiaba del sentido de mi trabajo, pero lo hacía porque lo necesitaba. Y se me daba bien. Era paciente, una voz amable. Sabía acompañar, hacer reír, consolar, restablecer la calma. Podía jugar a cualquier cosa, ayudaba con los deberes. Para hacerlo bien se necesitan ciertas aptitudes, pero no es necesario haber estudiado mucho. Y un título universitario no garantiza nada, pero yo lo tenía, era indispensable.

Cuando había reunión por la mañana era para cortarse las venas. Quedábamos todo el equipo: monitores, coordinadores, algún psicólogo o logopeda, y contrastábamos notas.

Porque la vida de aquellos niños se resumía en nuestras impresiones o, lo que es peor, en nuestras deducciones. Escarbábamos en su intimidad como perros. Queríamos saber con quién vivían, si tenían habitación propia, si comían tres veces al día. También cómo se encontraban y si mentían. Al principio me parecía irónico haber terminado dedicada a esto. Yo, que compartía piso con siete u ocho personas desconocidas a las que evitaba. Yo, que el día 20 de cada mes sacaba los últimos treinta euros de la cuenta corriente e invertía la mitad en arroz y atún. Dejó de tener gracia cuando me di cuenta de que la palabra «infancia» carecía de significado. «Infancia» es un término acuñado por el mundo adulto para justificar sus intervenciones en un mundo anterior, que ni desea ni entiende. Creer en mundos separados es lo que nos hace vulnerables, es lo que alimenta las desigualdades, y se sustenta de ellas. Palabras como «infancia» fragmentan y categorizan, designan la vulnerabilidad y la infectan. Mi trabajo consistía en este embaucamiento. Me desengañé cuando vi que mi propia precariedad se superponía a la de los niños y arrojaba como resultado una copia prácticamente exacta. La gran diferencia era que yo me había criado en la abundancia y había terminado viviendo en la fragilidad, pero sabía que podía defenderme. Para conseguirlo, me callaba. En las reuniones no decía esta boca es mía, solo la abría cuando me preguntaban. Y procuraba ser prudente, porque mis observaciones no solían coincidir con las de los demás. Varios años de esta dinámica

habían sido entrenamiento suficiente y no me lo cuestiona-
ba. Procuraba entender a los niños lo mejor posible, procuraba servirles de alimento. Un acto educativo es un encuentro en el desierto, la posibilidad de excavar juntos para
encontrar agua. Requiere tiempo e independencia. Requiere cierta dosis de favorecimiento. Puede tener éxito o
no, pero en cualquier caso provocarlo es una necedad. Me
aislaban tantos apuntes, tantas reuniones, las discusiones tan
plagadas de tecnicismos que me daban ganas de tirar paredes y romper gafas. Llegué a la conclusión de que nadie
veía el mundo real porque el mundo no se mira, se inventa.
Lo inventamos con las pocas herramientas que llevamos
todos dentro. Pero, siempre que se encuentren dos o más
personas, estas herramientas nunca serán las mismas. Y eso
solo puede significar que el mundo real no existe, que es
una fantasía. Terminé trabajando en ludotecas, pero igual
podía haber terminado vendiendo alcohol o cobrando en
una gasolinera. En cualquiera de esos sitios se requería lo
mismo: tapar un agujero, dar consistencia a no sabía qué
exactamente. Quizá a un sustrato de vida insuficiente, a un
sistema semejante a un suero: apto para mantenerte vivo
pero incapaz de alimentarte.

Jamás se me habría ocurrido que una señora de la limpieza tuviera que barrer el cuarto de máquinas de un edificio, pero la puerta se abrió de repente. La luz del vestíbu-

lo me cortó los ojos. Oí un grito y noté una presión en el pecho: el palo de escoba con el que me encañonaban. El susto duró los segundos que tardé en recuperar la visión. Después, una mujer me agarró del codo y me levantó. Me sacudió la ropa. Me di cuenta de que tenía las mejillas frías cuando me las tocó con sus manos hinchadas. Me miraba y la tuve que mirar. No sabía qué quería, mirándome así con unos ojos pequeñitos, ni qué descartaba. «¿Has dormido aquí?»,* me preguntó. «Sí». Me dijo que la siguiera. Dos puertas más allá sacó un manojo de llaves del bolsillo de la bata e introdujo una en la cerradura. Entramos en una habitación un poco más grande. En la pared del fondo había una estantería de hierro llena de productos y útiles de limpieza. Cubos. Fregonas en un rincón. Una mesita con un termo, un bocadillo envuelto en papel de plata. Una puerta que daba a un lavabo pequeño. Me dijo que entrara y cerré la puerta. Tenía ganas de llorar, pero me distrajo un olor, un olor bueno, a antiguo, como el del armario de una abuela. Me senté en la taza del váter. El suelo brillaba. Meé, tiré de la cadena y me lavé las manos. La pastilla de jabón era amarilla y daba una espuma difícil de quitar. Me enjaboné y me aclaré la cara dos veces e intenté meter la cabeza debajo del grifo para mojarme el pelo. Me sequé con la camiseta porque la toalla estaba demasiado limpia, demasiado bien dobla-

* Este personaje habla en castellano en el original.

da. No sé por qué sonreí mientras me peinaba con los dedos.

La mujer me esperaba fuera. Me dijo que me sentara en una silla plegable y me sirvió café del termo. Era negro y muy dulce, una bebida que calentaba por dentro. «Cómete el bocadillo». Me lo acercó. Tenía tanta hambre que no pude rechazarlo. Me dio la sensación de que me había bastado un minuto para contraer una deuda. Iba a contarle mi historia, pero no quiso escucharme. Llenó un cubo de agua, añadió un chorro de lejía, cogió una fregona y se fue.

Me quedé sola comiendo pan con sobrasada. Y entonces empecé a pensar. Fue como intentar poner en marcha una segadora que ha pasado la noche al raso, no arrancaba. Los pensamientos no eran cosa de la razón, se habían reducido a imágenes que me acometían a latigazos: el momento en que me arrancaron de mi cama; el ruido de la bolsa de patatas al caerse al suelo y cuando la pisaron; la impotencia como una bilis aterradora, el jugo inútil que se sube a la garganta y ahoga. Miré el reloj de plástico de la pared. Eran las ocho y cinco y tenía que organizarme. Tenía la mañana para encontrar un sitio en el que instalarme. El que fuera. Pero no podía moverme, estaba clavada. Me tragué bolas y más bolas de pan con sobrasada. Me escocían los brazos; me arrastraban por las escaleras; los buzones no eran lisos como la pared, sobresalían y eran metálicos. El metal es frío, inanimado. Una pared me parecía una cosa cálida.

Terminé el café y fue como coger la chaqueta. Tenía que salir a la calle, y en cuanto lo hiciera, sería aceptarla por casa. Esta idea me aterraba. Pero necesitaba un móvil y tenía que ir al cajero, eso en primer lugar. Me levanté porque se me ocurrió que no podía esperar a esa mujer ni ponerme en su pellejo. Parecía imposible estar tan llena de comida y al mismo tiempo tener una sensación de vacío tan grande. La vida me había llevado a un punto peor que el de la locura o el de la enfermedad. Estaba en la nada en la que por fuerza empieza todo, pero no se parecía en absoluto a un nacimiento. Me envolvió un desconcierto de muchas caras y un solo cuerpo carroñero. Pensé en habitaciones, en dinero, en el móvil, en la maleta. Y todo daba vueltas sin absorberme por fin, solo me mareaba. Entré rápidamente en el lavabo y me arrodillé enfrente del váter para vomitar mucho más que el almuerzo: la angustia y la desesperación, el pánico a la intemperie.

Aquella noche tuve una cama. Abracé el colchón estirando los brazos y abriendo las manos, tumbada boca arriba, tapada con la sábana y la manta, y casi no podía creérmelo. Había sido un día raro. Había empezado la tarde del anterior, cuando la vida me había obligado a consumirla con la cara contra el suelo, arrodillada. Es posible vivir así, yo lo habría hecho si no hubiera aparecido Trudi. Me dio su número de teléfono y me dijo que me guardaría la maleta. Que salía de trabajar a la una y que si yo no había vuelto todavía, se llevaría mis cosas y podría ir a recogerlas a su casa. Cuando alguien se hace cargo de tus libros y de tu ropa sientes que te quieren. No la conocía de nada, pero era su mano la que me aplicaba el paño húmedo en plena fiebre. Confié en ella por instinto, como se confía en una madre, y gracias a eso pude salir a la calle sin estar sentenciada.

Fui andando al cajero, cuatro travesías. La gente iba y venía peinada y vestida. Colas en las paradas de autobús, perros olisqueando la tierra sucia de los árboles. El hombre del soplador de hojas en el vehículo municipal de la limpieza. Ando y toso. Con una carrera corta adelanto al soplador y a su ámbito de polvo y partículas. Sigo por la calle, veo el rótulo de la entidad bancaria. Hay una mujer en el cajero y espero a cierta distancia. No quiero mirar, pero, sin poder evitarlo, veo que marca el número 600 antes de aceptar el reintegro. No entiendo este mundo. ¿Quién puede sacar de golpe más dinero del que cobro yo en un mes? Tengo que alquilar una habitación y hoy ese efectivo me salvaría la vida. Inserto la tarjeta y consulto el saldo. No llega a ciento cincuenta euros. Lo saco todo. Doblo los billetes y los guardo en el bolsillo.

Echo a andar sin saber hacia dónde, creo que huyo del ruido del soplador. No puedo alquilar una habitación, pero puedo comprarme una bolsa de magdalenas y un móvil. ¿Dónde duerme la gente que vive en la calle pero no tiene valor para dormir en la calle? Pienso en albergues, en conventos, en ese hombre del barrio que duerme en el parque y lleva americana. Había tenido un buen trabajo, un trabajo de corbata y americana. Ahora tiene una maleta y unos cartones entre los arbustos. Cuando puede ducharse y afeitarse lo ves dando vueltas por el parque y parece que ha llevado a su hijo a jugar. Te imaginas que ha ido a buscarlo al colegio y que, antes de volver a casa, comprarán una barra de pan. Yo no puedo hacer lo mismo. Me dan miedo la lluvia y los violadores. En estos momentos también me dan miedo los cartones. No podría tener hijos. Ni siquiera sé llevar americana.

Tengo sesenta euros y un móvil. Un número nuevo que marcará una nueva vida. Me lo ha vendido un hombre arrugado con los ojos caídos y la boca llena de agujeros. Parecía un indio, sentado detrás del mostrador. Ha sido amable y nos hemos entendido enseguida, aunque no sé en qué idioma hablaba. Daba sorbos a una taza con un líquido maloliente, tragaba y sonreía con los dientes que le quedaban, manchados de un verde sucio, como de algas. Allí, rodeado de estanterías de cristal llenas de fundas y de teléfonos, con muchas luces led que se encendían y se apagaban, parecía un sustituto, alguien a quien se llama para cinco minutos de trabajo. Pero me ha vendido el móvil y la tarjeta, me ha cobrado, me ha dado el cambio.

Salgo perpleja de la tienda. Un viejo puede parecer un indigente solo porque le faltan dientes y lleva dos trenzas. Así iba yo a los siete años y solo parecía una niña. Ahora he estudiado una carrera y tengo trabajo, y estoy a punto de dormir en la calle. Dormir en la calle. Me lo repito varias veces, a ver si soy capaz de hacerme a la idea. Pero es imposible. Hay situaciones para las que una no está preparada. Entiendo que pueda ocurrir que me muerda una serpiente o que me atropelle una camioneta, son accidentes, cosas que pasan si vas a la montaña o te saltas un semáforo. Tener que dormir en la calle no es consecuencia de un accidente, sino la consecuencia natural de una serie de malas decisiones, a cuál peor, que se toman en un contexto mucho más hostil que un cruce de calles o la montaña. La buena suerte y la mala pueden mandarte al hospital, pero no a la calle.

Me tiemblan los labios. Ni siquiera noto las piernas. Pienso un instante que si me cayera al suelo a lo mejor me recogería una ambulancia y podría pasar la noche en el hospital. Solo tendría que dejarme ir, procurar no contener el torrente de barro que llevo dentro. No haría falta que fingiera mucho. Me pasan por la cabeza imágenes de las manos de los niños cuando manipulan plastilina. El miedo es como una de esas manitas. El miedo no piensa, solo ensaya, deforma, juega. Te coge el cuerpo y lo estira, lo vuelve a recoger, lo bate hasta que le parece deseable.

He recorrido una travesía sin darme cuenta y creo que ha sido por no ir en sentido contrario al tráfico. Estoy muy débil, no puedo ni con una bicicleta que venga de frente, y eso es porque vivir está hecho de luchas grandes y pequeñas. Las grandes son obvias y te alimentan. Las pequeñas son como virus, no se ven, solo desgastan. No puedo más. Me siento en la terraza de un bar y pido una horchata. Si hubiera podido sacar seiscientos euros del cajero procuraría ahorrarlos y habría buscado un banco o un portal donde sentarme. Pero cuando no se tiene nada, qué más da. Con cuatro euros menos seguiré igual de pelada. El camarero vuela y me trae la horchata en un vaso largo de base estrecha y boca ancha. Me gustan las cosas bonitas, como este vaso helado en el que se empiezan a formar perlas de agua. Tengo esta mesa para mí sola, la horchata, un par de pajitas con funda de papel, el dispensador de servilletas y un cenicero vacío. La silla tiene brazos y el respaldo es inclinado, resulta muy cómoda. Un muro de plantas me separa de la calzada y no hay nadie en las mesas de al lado, solo gente que pasa. El sol me llega a la cara como si saliera de un aspersor situado mucho más allá de las hojas tiernas de los árboles. Su luz me refresca, de la misma forma que hoy la lluvia podría quemarme. Si no tuviera cerebro sería una mañana muy agradable.

Enciendo el móvil. Las nueve y media pasadas. Tengo que concentrarme en buscar anuncios de habitaciones. Tengo que dedicar a esta tarea el azúcar de cada sorbo de horchata. Consulto varias páginas. Copio teléfonos y hago algunas llamadas. Constato que las cosas han cambiado mucho desde la última vez que buscaba habitación. Los precios han subido. Y encima, ahora piden uno o dos meses de fianza en casi todos los sitios. No podría pagar dos meses de fianza aunque me ingresaran el sueldo mañana mismo. También está claro que tengo que cambiar de barrio. Donde vivo ahora piden por una habitación el doble de lo que pagaba hasta ahora. Me acuerdo de Cynthia, cuando me dijo eso de las colombianas, no hace ni cuatro días. Si hubiera sido más espabilada le habría hecho una contraoferta y seguro que la habría aceptado. Me siento estúpida y sobre todo me siento impotente cada vez que me cuelgan el teléfono tan pronto como se dan cuenta de que la que pide el mes de confianza soy yo. La muerte debe de ser el resultado de esto, el resultado de haberte quedado sin sitio.

Doy un trago largo, paladeo el jugo de las chufas impregnado del dulzor del azúcar y la canela. Por lo visto los antiguos egipcios ya la tomaban. Me los imagino en su terracita, a la sombra de las palmeras. Una pirámide al fondo. Algún gato. Langostas. Los egipcios tenían esclavos, como nosotros. Pero ser esclavo en aquel tiempo debía de ser mucho peor si no se les permitía beber horchata. No sé por qué tenemos que vivir en edificios pudiendo vivir entre el Besòs y el Llobregat, nuestra fértil Mesopotamia, esparcidos en tiendas por todas partes. Me imagino esa vida. Sería fácil, una vida repleta de trigo y de uvas pasas. Algunos tendrían oro. Otros lo robarían y lo esconderían bajo tierra. Se mataría por el oro, eso se ha hecho siempre. Pero ¿quién dormiría al raso? Nadie, si lo salvan unos metros de tela. Me fascina esta idea de un mundo solo para pasar por él. El mundo valiente que no te obliga a ocupar un lugar.

Apuro el vaso sorbiendo escandalosamente. Si soy capaz de hacer tanto ruido es que debo de estar muy viva. No puedo morirme. No puedo morirme porque la horchata me encanta. Se mueren los enfermos. Se mueren los desvalidos. Se mueren los cansados y los desplazados. Se puede morir por accidente y por asesinato. Hasta puede matarse uno mismo. Se muere sin motivo, pero para vivir hacen falta muchos. No sé lo que voy a hacer, pero todavía no estoy para tirarme a abrazar a un autobús, porque, aparte de la horchata, queda algo de esperanza. Se me acaba de ocurrir: la ludoteca. Podría conseguir una copia de las llaves. Nadie se extrañaría de que entrara a las diez de la noche. En el espacio de psicomotricidad hay un montón de colchonetas y está bien para dormir. También hay un lavabo. Es pequeño y está sucio, pero sirve. Bien pensado, no tendría ni que encender las luces: he descubierto que el móvil tiene dos linternas.

Pago la horchata, me oriento y echo a andar. Vuelvo a ponerme en marcha. Debo de estar aprendiendo que la vida consiste en esto, en ir poco a poco, si es necesario, pero sin pararse nunca. Hace unas cuantas horas que no dejo de fabricar toda clase de sentimientos horribles, pero no me incapacitan. He pensado bastante mientras bebía la horchata. He tomado decisiones. Al contrario de lo que se dice, me da la impresión de que la esperanza no nace de las creencias, sino de las decisiones. Se suele representar como una luz, una llamita. ¡Cuentos! La esperanza son metros, kilómetros de camino que aparecen por delante cuando lo único que se veía era un abismo. La esperanza se puede tocar, se pude pisar, ¡es tierra firme! Cada paso de cebra, cada flor de baldosa es una prueba real de una fuerza viva que me empuja y me conduce hasta la puerta del vestíbulo.

Ya he llegado. Me paro y todo cambia. Estoy nerviosa. El cuerpo es como un perro, reconoce el sitio de la fatalidad y se excita. Tengo un miedo concreto, el de encontrarme cara a cara con una colombiana. O peor todavía, con

Cynthia. El dolor me atemoriza, pero no tanto como enfrentarme al éxito, y Cynthia es el éxito, lo representa. Sería insoportable encontrármela después de que me haya echado. Llamo a un montón de botones del interfono, chasco la lengua seca y me preparo para anunciar el correo. Me abren dos o tres vecinos que ni siquiera tienen interés en saber quién es. Entro. El espejo reluciente. El olor de pino de los detergentes. Paso al lado del cubo de reciclaje y lo veo vacío. Ni rastro de mí. Mejor. Creo que me habría trastornado encontrar mi ropa embutida allí. No estaba muy nueva, hace tiempo que no me compro ropa, pero eran prendas en buen estado que tiré sin seleccionar. Las descarté en un instante porque no me cabían en la maleta. Me meto en el pasillo del fondo y llamo a la tercera puerta. Nada. Intento mover el pomo, pero está cerrada con llave. Entonces es cuando desfallezco. Desfallezco y es como si me vaciara, me disuelvo en mis líquidos, ya no estoy. Porque en situaciones como esta el instinto es lo más rápido, recrea el universo de la desgracia, que estalla en todos los plexos y te inunda de metralla. Destrozada por dentro en un segundo mientras las neuronas, estúpidas y lentas, ponen palabras a lo que el instinto ya sabe y declaran que te han robado. Que te han robado lo que te quedaba. Que no tienes nada. Te lo dicen y te lo repiten hasta que te lo crees. Que no tienes nada. Y me doy cuenta de que me caigo al suelo, de que me lloran los ojos como si se desangraran, de que la fuerza es un alma muerta.

El tiempo no existe. Lo sé porque viví toda una vida echada en ese rincón.

No oí llegar a Trudi cargada con el cubo, la fregona y una bolsa enorme llena de basura. Estaba aturdida como un prematuro, no hacía nada por vivir aparte de respirar muy suavemente sin querer. Los ojos eran un muro que lo rechazaba todo, el cerebro se me había corrompido, lo contenía todo pero ya no interpretaba nada. Si te cortan una mano y te abandonan en el bosque, te adentras, herida pero con valor. Porque el valor se sostiene en la anticipación. Reside en el pulso, en los ligamentos, se alimenta de la intención. No pueden quitártelo, pero sí vencerlo. Aquel pasillo con la puerta cerrada fue donde me rendí.

Los resucitados deben de despertarse de golpe. Supongo que será fácil volver a la vida si se llega de la división contraria, de la muerte. El compromiso que te pide la vida, la muerte te lo exige. Por eso no duda, te acepta o te repudia. Te devuelve, con los ojos exagerados y el corazón a cien, al sitio en el que tienes que aprender. Sé que no me he muerto porque miro a un lado y a otro y todo está lleno de cosas grandes con límites imprecisos. Esas cosas que empequeñecen las casas por dentro. Cierro los ojos y noto el cuerpo muy blando, las manos y los labios débiles. Estoy haciendo el lento viaje que lleva de la renuncia al presente. Tengo que ocupar mi cuerpo e insuflarle lo que me define y que no es aire, sino viento. Me restriego los ojos, me desbrozo el pelo. Me estiro, me agrieto poco a poco, como si llegara de un encantamiento de cien años. Me apoyo en el colchón, levanto la cabeza y miro a un lado y al otro. Una habitación a media luz. La cama en la que estoy, armario, cómoda. Una pared con una puerta. Otra con cortinas. Me dejo caer en la almohada y levanto los brazos. Si pudiera abrazar a alguien se me cerrarían los ojos y nada parecería lejano. Me abrazo cruzando las manos sobre el pecho, como los vampiros. Tengo que levantarme. Tengo que levantarme y antes tendría que recordar. Pero no tengo fuerzas, solo puedo evitarme.

Cierro los ojos y me caigo dentro, dentro. El cuerpo es un portal. Cuando renunciamos al exterior el cuerpo lo sabe y nos acorrala, nos lleva consigo a otra parte, nos hace retroceder. El cuerpo está para llevarnos, tenemos que matarlo para librarnos. Y yo no quiero. Por eso lo sigo y nos hundimos. Profundizo, no me veo. Lo único que encuentro es un desierto. Roca cortada en la que descubro fósiles e intuyo escorpiones. Me espeluzna la falta de agua, me asusta encontrarme a gusto. Me reconozco en lo inhóspito. Aprendo que, de donde vengo, no hay nada, y que la nada es deseable porque desocupa mucho sitio. La libertad podría inscribirse en un paraje como este, la inmensidad le sienta bien. ¿Sería posible abrir los ojos y elegir una vida suculenta sin renunciar a la desolación? Abro los ojos y es como si fueran ellos los que atrapan la vida, los que me llenan las venas y los pulmones. Me levanto. Sé dónde estoy. Trudi me ha acogido por una noche y la noche es esta.

Cerca de la cama hay unas zapatillas de felpa con las iniciales HB bordadas con hilo dorado. Deben de ser las primeras zapatillas que me pongo desde los seis años. Me quedan pequeñas y la suela es inexistente, un trozo de tela relleno de un cartón recosido. La maleta está al lado de la puerta. Y, entre la maleta y la cómoda, las botas, con los tacones gastados y la caña que no se tiene de pie. Abro la puerta y estoy en el comedor. Un tresillo marrón frente al televisor y una mesa puesta para dos. Trudi está en la cocina, debajo de un fluorescente. Lleva una bata como la del trabajo, pero con un estampado de sandías o melones. Me dice que tengo mejor cara y que necesito cenar y dormir, que mañana todo será más liviano. Me pone en las manos una fuente de croquetas y ella lleva la crema de calabacín. Comemos en silencio, ella porque no pregunta y yo porque no sé qué decir. Le he dado las gracias muchas veces, hasta que me ha dicho que no se las vuelva a dar.

A mediodía habíamos cogido el autobús hasta Nou Barris. En el trayecto me dijo que podía quedarme una noche en la habitación de su hermana. «Tiene turno de noche hasta hoy, mañana empalma con el turno de día y no llega hasta las tres». Las tres. Creo que, para quien se ha visto durmiendo en la calle, una sola noche bajo techo lo es todo. En ese momento lo único que me importaba eran las veinticuatro horas de seguridad que tenía por delante. El futuro se había declarado elástico y había encogido. Todas las preocupaciones que puede contener un año, grandes y pequeñas, lógicas y banales, se habían concentrado en una sola que me hacía palidecer. Su magnitud era inconcebible y pensar en ella era imposible porque no tenía medida ni contorno. Me estremecía que no tuviera nombre lo que de repente lo había ocupado todo. Era el mundo nuevo que se imponía por haber perdido la casa. Un mundo absoluto, inevitable. Esa preocupación ancestral se convertía en una jaula, la más estrecha, la más solitaria: el Presente. Trudi no me había salvado, pero me había protegido en cierto modo, abrazándome toda una noche. Un abrazo no salva, pero puede infundir el ánimo necesario para salvarse. Me di cuenta en el autobús, sentada a su lado, mirándole los tobillos hinchados, embutidos en un calzado con velcro, con la bolsa de la compra entre las piernas, las manos rojas en reposo encima de la chaqueta doblada. La quise de repente por esas extremidades que sostenían un cuerpo extraordinario, capaz de infundir humanidad cuando otros cuerpos más bellos y mucho más fuertes solo provocaban bestialidades que ni las bestias de verdad saben cometer. Fue un amor de un instante, como el que se siente al abrir una colmena.

Bajamos del autobús cerca de una plaza en la que había unos árboles jóvenes sujetos a unas estacas para que crecieran rectos. Recorrimos aceras estrechas y cruzamos calles. Había poca gente, poco tráfico. Nos detuvimos enfrente de un edificio delgado, como si lo hubieran construidos poniendo los ladrillos en vertical. Pensé que también le habría venido bien que lo sujetaran con estacas, pero la casa de al lado no le habría servido, porque era un taller de mecánico de una sola planta. Trudi me señaló un balcón lleno de geranios en flor. Un milagro verde con manchas blancas y rosadas entre unos balcones atestados de sillas plegables, colchones meados y ropa tendida. Su casa. En el vestíbulo olía a fritanga. El ascensor era muy pequeño. Trudi se metió con la bolsa y mi maleta, y yo subí a pie. Cuatro pisos separados por tramos de escaleras de quince peldaños. Regueros de bolsas de basura hasta el segundo. Los rellanos parecían trasteros. Había muebles desmontados, cajas apiladas, triciclos, cochecitos, zapatos. Llegué antes que el ascensor y supe que era la puerta número tres por el felpudo, tan bien aspirado, y porque el interruptor del timbre no estaba mugriento.

Trudi abrió y me invitó a pasar. Penumbra, el silencio resistente de las casas que pasan el día sin gente. Subió las persianas del comedor y de mi habitación, me indicó dónde estaba el lavabo y me dijo que tenía que irse corriendo a trabajar en una casa, que encontraría una bandeja de lomo en la nevera y que cerraría con llave. Me avergoncé de haberme convertido en una persona de la que no podía fiarse ni Trudi. Pero, curiosamente, cuando me quedé sola y me tumbé en la cama me sentí segura, como un suicida esposado a una barandilla, como el alcohólico que entra en un bar con un billete en el puño. Mientras Trudi estuviera fuera, yo estaba salvada. Busqué el teléfono del trabajo y avisé de que esa tarde no iría, que me había sentado mal algo en el fin de semana.

Unos días después vivía en la calle y tenía una rutina. Jamás se me habría ocurrido que pudiera haber rutina en la vida de los desamparados. Quizá porque no parecía vida, porque le faltaba el andamiaje, los montantes de acero, las pasarelas de tablones que convertían una vida en algo más, una vida normalizada. Una casa por sí sola no significa nada. El mundo está lleno de casas, habitadas y abandonadas. Una casa cobra significado cuando está ocupada. Es la condición para que el espacio atrapado entre las paredes se convierta en un sustrato, en los cimientos sobre los que se despliega la existencia. La casa habitada contiene todo el alfabeto de cada uno de sus habitantes porque en ella empiezan y terminan los días. Sin embargo, una casa abandonada es como una piedra o una zarza, no implica nada. Llevar las llaves de casa en el bolsillo es como llevar por derecho el anillo con un sello. Creía que no había nada peor que no tener ni un chavo, pero descubrí que quedarse sin llaves era más espantoso todavía. La cuestión es que no podía elegir. Tenía dinero para comprarme comida, pero no para pagarme un techo.

Pasé la primera noche en la estación de Sants. Busqué un asiento tranquilo, cerca del McDonald's, compré una ración grande de patatas, las pringué de kétchup y me senté a cenar y a ver pasar a la gente. La maleta, siempre al alcance de la mano; apoyaba un brazo en ella y, cuando me cansaba, apoyaba los pies. Cuando terminé las patatas fui a los servicios a llenar una botella de agua. Al salir vi una papelera. En realidad no la miré, nadie mira las papeleras. La detecté por instinto y automáticamente la inspeccioné. Como si por el simple hecho de haberme quedado en la calle hubiera descubierto muebles nuevos. Bancos, farolas, papeleras. Todo eso era mío de pronto, mucho más que antes, y por primera vez me interesaba. Me paré unos segundos fingiendo que miraba el móvil, pero en realidad revolviendo impúdicamente en la basura con la vista. Plásticos estrujados, vasitos de café, botellas, papeles, el culo de un bocadillo. Y todo regado con un líquido de color rosa. Daba igual que fuera granizado o líquido refrigerante, la cuestión es que lo inutilizaba todo.

Me senté en un banco sabiendo que el solo hecho de mirar no quiere decir nada, pero que lo que miras te define. Estaba cansada, el aceite de las patatas me martirizaba el estómago y tenía frío, el frío que siente el cuerpo cuando quiere dormir. Me abotoné la chaqueta, metí las manos en los bolsillos y bajé la cabeza. Un rito de pájaro. Pasó una hora y el sueño no llegó, todavía no había aprendido a hacerlo en público, estaba acostumbrado a toda una vida de intimidad, de protección. Poco después de medianoche me obligaron a levantarme. Fue un chico joven, parecía un adolescente, con la cara chupada y los ojos mucho menos inteligentes que los del lebrel al que recordaba. El uniforme de la empresa de seguridad parecía un disfraz. Llevaba una porra en el cinturón. Me obligó a levantarme y me dijo que tenía que irme. Que disponía de cinco minutos. No sabía que las grandes estaciones de tren cerraban de noche, creía que eran como los aeropuertos o los hospitales, sitios que no descansan. Me dirigí a la salida con siete u ocho remolones más. Las puertas automáticas se cerraron y se bloquearon a mi espalda.

Fuera había gente. Gente que se hacía la cama, que se preparaba para pasar la noche. Mantas, colchones, los malditos cartones otra vez. Había un parque completo de carros de súper y carretones desvencijados llenos hasta los topes de todo lo necesario para sobrevivir: ropa, discos, cubos, periódicos, cojines. Un perro. Todo atado con metros de cuerda de tender. Algunas camas parecían cómodas, ninguna tenía sábanas. Me quedé mirando a esa gente que se arreglaba para acostarse, con sus capas de ropa sucia, dispar, y cartones de vino en vez de mesita de noche. La intemperie los desgastaba. La violencia, el frío. La indiferencia. Una sola noche podía envejecerlos diez años. Ámbitos murmuradores, esqueletos vacilantes. Mi sistema nervioso llevaba una bomba en las manos. Era el miedo, que me obligaba a ser muy leve para evitar la deflagración. Las vidas hechas de silencio tienen las manos delicadas y el pulso firme. Miré a esa gente, reunida a la misma hora en una misma gran habitación, y me vinieron los orfanatos a la cabeza, se me cortó la respiración. Me sentía a salvo con el pelo limpio de dos días, el móvil y la cartera en el bolsillo y un contrato laboral que posiblemente me renovarían unas semanas después. Vivía en la calle pero no era como ellos, no me parecía en nada.

Pasé de largo. La noche era de color naranja y olía a pis. Los coches circulaban vacíos. Me quedé mirándolos sin cruzar. La luz de los faros me rozaba y yo la rechazaba. Cada vez que me iluminaban era como si les disparara. Los coches son extensiones de las casas, comunican las casas con toda clase de sitios, son el aceite con el que nos mezclamos para encontrar nuevos paisajes. Disponer de coche presupone disponer también de casa, a menos que se sea un desgraciado. Me habría gustado ser esa clase de desgraciado. Llevar conmigo una llave de esas, mitad de plástico, mitad de acero, con un botón que, al apretarlo, abre puertas y los intermitentes saludan. Un coche ni limpio ni sucio, más bien pequeño. Lo habría cambiado de sitio todas las semanas. Lo habría aparcado en calles tranquilas. Por la mañana habría barrido las hojas del parabrisas. De noche habría entrado como si fuera la cama. Habría dormido en el asiento de atrás, encogida, tapada con una manta hasta la frente. Un asiento blando con olor a culo y migas de pan entre las costuras.

Miré el móvil. No volverían a abrir la estación hasta las cuatro y media. Una noche de cuatro horas puede ser muy difícil de pasar. No sabía qué hacer. No sabía adónde ir. La plaza de los Països Catalans... ¡qué impecable, en el centro de una ciudad impecable y banal! Retrocedí como si la ciudad entera me hubiera enseñado los colmillos. Me senté, me apoyé en la cristalera de la estación. Una pared de cristal es cruel porque lo expone todo y no comparte nada. Puse la maleta en el suelo y me eché encima. La abracé como si fuera un peluche grande. Si me concentraba mucho, la oía respirar conmigo. El suelo nos sostenía. No sé por qué motivo, parecía más duro de noche.

El día siguiente empezó de madrugada, en cuanto pude entrar otra vez a la estación. No me había atacado nadie, ni siquiera me había mirado nadie. Lo sabía porque no había podido pegar ojo. Pasé la noche al acecho, como un animalillo salvaje. Alguna persona a lo lejos. Uno que aparecía en el disco luminoso de los focos y salía sin prisa ni rumbo. También oí gritos. Empezaron de repente y pensé en toda clase de brutalidades. Pararon en seco y los segundos siguientes fueron como si nadie los hubiera proferido. Pero me marcaron, igual que el camino del matadero lleva inscrito el rastro de la brutalidad. A partir de ese momento los minutos se me hicieron más espesos todavía. No me los podía tragar, tenía que adentrarme en ellos. Hubo ratos largos en los que no pasó ni un coche. No podía dormirme, estaba demasiado atenta, demasiado concentrada. Las personas me daban miedo, los coches me tranquilizaban. Estaba descubriendo la lógica nocturna, que emparenta la seguridad con lo inorgánico, con la escultura. Me inquietó que la ciudad tampoco se durmiera. Era como si la hubieran tumbado y estuviera reuniendo fuerzas para levantarse otra vez. Me creí su hermana un instante.

A las cuatro y media empezó a llegar gente. Unos habían pasado la noche fuera, como yo. Otros se apeaban de un taxi o aparecían de pronto en la plaza como púgiles en la palestra. Cuando vi que ya se podía entrar en la estación, me levanté y me fui directa en busca de un café. Me senté en un banco. Tenía el cuerpo como un solo músculo tenso, puro dolor. Los huesos eran peso muerto, los ojos, irritación. Me molestaba la luz, como si la noche me hubiera reclamado y transmutado en un animal de los suyos. En ese momento sí que tenía sueño. Tenía hambre y frío. Estaba extenuada. El café no me sirvió de nada, era incapaz de moverme. Incapaz de levantarme para ir a los lavabos, a pesar de que me moría de ganas. Una noche en blanco en la calle vale por cuatro. No podía pensar, solo quería llorar. Me esperaban más de diez horas de vigilia. Me faltaban fuerzas para moverme de donde estaba, pero tampoco me veía capaz de estar allí tanto tiempo. Quería dejar de ver gente, de estar expuesta, de tener que estar alerta. Necesitaba dormir. Necesitaba comer. Por la tarde tenía que ir al trabajo y la noche llegaría de nuevo como una muela de molino que me molería.

Resistí una noche más antes de ir a dormir a la ludoteca. No quería ir. Había decidido que sería un recurso de emergencia porque no quería arriesgarme a que me descubrieran. Me iba el trabajo en ello, y precisamente ese trabajo era la delgada línea que me separaba de la intemperie. Si lo perdía, adiós a todo. Hay planetas inhabitables en nuestro planeta. Mapas monocromos en los que no pasa nada más que la muerte. Territorios helados. Un trabajo, por precario que sea, te salva. Pero la debilidad del cuerpo, cuando es extrema, se convierte en una fuerza autoritaria. Y así, aquella tarde, en la ludoteca, entré en la sala de monitores y me llevé un juego de llaves. Me lo guardé en el bolsillo. Tenía la sensación de llevar una piedra radiactiva. El corazón me latía como el de un caballo, las mejillas me ardían. Había escondido la maleta en el almacén, entre cajas de material, tapada con unos rollos de papel para murales. A las nueve de la noche me despedí y me fui. Me senté en un bar de la acera de enfrente y pedí un té y un bocadillo. Una hora más tarde no quedaba nadie en la ludoteca. Pagué y salí de allí. Me quedé en la acera. Estaba agotada y alterada. Mi maleta estaba allí, a menos de diez metros, en ese local, y yo tenía las llaves. Metí la mano en el bolsillo y las apreté. A decir verdad, las exprimí como si pudiera extraerles el elixir del reposo. Todavía pasaba gente por la calle. Gente que volvía a casa, vecinos que bajaban la basura o sacaban al perro. Decidí esperar un poco. Me fui a una placita y me senté en unas escaleras. Saqué el móvil y se me escapó un suspiro. Era maravilloso estar allí haciendo tiempo hasta el momento de ir a dormir. Ser como todo el mundo, que es lo mismo que no ser nadie.

Al día siguiente era una mujer nueva. Me levanté a las siete, dejé el espacio de psicomotricidad tal como lo había encontrado y salí de la ludoteca sin esconderme, con la mochila a la espalda y un fajo de papeles en los brazos. El sueño me había acariciado y me había arreglado. Fuera, el aire fresco pinchaba. El cielo estaba blanco. La tierra estaba azul. Los edificios se abrían para respirar. Pensé que me había salido bien, pero que no podía jugármela. Y al momento pensé que me había salido tan bien que no corría casi ningún riesgo si me la volvía a jugar. El éxito me envalentonó. Decidí repetir otra noche.

Fueron cinco, hasta que la cosa se estropeó. Acababa de acostarme en un colchón de colorines, con el saco de dormir cerrado hasta arriba, cuando oí unas llaves en la cerradura de la entrada. Me levanté de un brinco, busqué el móvil a tientas por el suelo y recogí el saco, las botas y la mochila. Me fui corriendo al almacén. Oí voces en el pasillo. Se acercaban. Me escondí detrás de la puerta. Me agaché y me puse el saco por encima. Estaba tan asustada que no tenía ni sensación de ridículo. Casi nunca recibía notificaciones en el móvil, pero estaba segura de que me llegaría una antes de conseguir ponerlo en silencio. Me costó muchísimo. No me obedecía. Encendieron la luz de la sala de psicomotricidad y el resplandor se coló por debajo de la puerta hasta tocarme los pies. Me quedé inmóvil, no me atrevía ni a respirar, como si la luz tuviera olfato y pudiera ladrar para delatarme. Reconocí la voz de la psicóloga, que hablaba con un desconocido y se reía. Debió de molestarle encontrar un colchón fuera de su sitio, porque dijo que no podía ser que los monitores encargados de cerrar lo dejaran todo por el medio, que la gente era cada vez más irresponsable. La otra persona le quitó hierro al asunto. Más risa, que se fue debilitando. Seguramente habían ido a la sala de reuniones. Esperé y esperé. Agucé el oído, pero no oí nada. La cuestión es que tendrían que salir por donde habían entrado. Deseé que estuvieran follando. Que se empotraran uno contra el otro encima del archivador. Lo que fuera, con tal de que no se tratara de horas extra y que en cualquier momento necesitaran algo del almacén.

No sé cuánto rato estuvieron porque no me atreví ni a mirar la hora. Había dejado caer el móvil dentro de una bota y no pensaba mover un dedo, no quería exponerme. Cuando por fin volví a oírlos el corazón ya no me latía, había decidido dejar de ser humano. Se apagó la luz, las voces también. Un portazo. Nada más. Me tumbé en el suelo, apoyé la cabeza en una bolsa de retales de tela, programé una alarma para las seis y me quedé en vela el resto de la noche.

El día siguiente por la mañana llamé a Trudi y saltó el contestador. Me devolvió la llamada a mediodía. Le pregunté si podía ir a dormir a su casa. Me dijo que sí, dentro de seis días, cuando su hermana cambiara el turno. Me preguntó si me quedaba dinero. Me toqué el bolsillo vacío. «Algo». Fue clara: «Ve a una pensión».

Una semana en la calle. Una semana en la calle. Me lo decía y me lo repetía. Intentaba transformar la frase en un reto, pero no sabía cómo hacerlo. Pensé que tenía que dedicar el día a buscar un sitio para pasar la noche. Un sitio menos expuesto que Sants. Lo que necesitaba no era dormir, sino ser invisible, descansar. Anduve mucho, pasé por calles que no conocía, inspeccioné portales y callejones hasta que comprendí que el mejor sitio para esconderse no era entre las piedras, sino en la vegetación.

Elegí un parque tranquilo con zonas de hierba y arbustos gigantes. Me senté en un banco a esperar el momento de desaparecer y me di cuenta de una cosa extraordinaria. Hay una franja de tiempo, que puede alargarse quizá un par de horas, en la que una persona sola sentada en un banco no pinta nada. Es el anochecer, la hora menos contemplativa porque exige que te apures para llegar a tu refugio. Hay mucho que hacer antes de que termine el día. Ritos relacionados con la higiene, el orden, los alimentos. Para cumplirlos se requiere una casa. Y yo no la tenía. Estaba clavada en el banco mientras la gente se desplazaba. Saqué una bandeja de plástico de la mochila y me comí el embutido con los dedos. Después me metí un chicle en la boca. No tenía nada más que hacer, hasta la batería del móvil se había agotado.

Cuando el cielo se apagó del todo, suspendido en la neblina anaranjada que borraba las nubes y las estrellas, me levanté y me fui directa al escondite. Elegí un momento tranquilo, sin nadie a la vista, para recorrer los veinte metros que me separaban de una congregación de adelfas. Tuve que agacharme para meterme entre ellas, como si entrara en una cueva. Las ramas se quejaron, unas flores se cayeron. Era evidente que hacerme un hueco entre las hojas, apartándolas, rompiéndolas, las violentaba. Murmuré una disculpa. Necesitaba protección, no era posible que hasta las plantas me la negaran.

Me tumbé apoyada en la mochila y me quedé quieta. Un rato después me acordé de una cosa de la que jamás creí que me acordaría: cartones. Entonces entendí su función y habría dado lo que fuera por tenerlos. El suelo no estaba especialmente duro, pero sí húmedo. Enseguida se me metieron la humedad y el frío en la espalda y en los muslos. Acababa de aprender que, a ras de tierra, una noche tranquila y templada de otoño es un sistema acuático de brumas y mareas. Aguanté hasta que no puede más. Me incorporé y me quedé sentada. Las hojas me rozaban la cara y se me metían entre el pelo. Fue como si se hubieran puesto de acuerdo en taparme. Me las quité de encima arrancándolas. Pero insistían. Cada vez tenía más frío, temblaba y volví a pensar en hospitales, porque estaba segura de que pillaría una neumonía. Me puse una mano en el pecho, una mano como una oreja que quería auscultarme. Lo noté: silbidos. Pero eso no era lo peor. Estaba muy incómoda. La postura, la humedad, el cansancio. Las imaginaciones. Todo me incordiaba y me irritaba. Cerré los ojos e intenté recordar un libro o una película. Pero me picaba la nuca y me encontré con un bicho entre los dedos. No había luz suficiente para saber qué era, pero le noté las patitas, que se movían. En ese momento exploté. Me levanté de repente y salí de allí. Gimiendo. Sacudiéndome bichejos irreales. Llorando. Volví al banco, pero me pareció que se acercaba alguien y eché a correr.

Decidí volver al sitio que conocía, Sants. Eran las tres de la madrugada y estaba lejos. Las aceras eran anchas, tan vacías. De vez en cuando pasaba un coche. Los camiones de la recogida de basura me animaban, no sé por qué. Me recordaban a una tiendecita de cuento, con sus luces y su escoba y las personas equipadas y bien alimentadas que trabajaban en ellos. Procuraba no mirar a la gente con la que me cruzaba, pero era imposible. De noche, las calles parecen los pasillos de una institución gigante. Indigentes, putas, trotamundos. Todos noctámbulos. Jóvenes que tal vez van o vuelven de una fiesta. Viejos solitarios que reclaman un rincón. La noche decidía quién hacía de ladrón y quién de borracho. Repartía su droga, que igual daba gritos que un refugio amable y silencioso. Pensaba en mí misma y no sabía nada. Pensaba en todos en general y me preguntaba quién se volvería más loco. Cerca de Sants, en la entrada de un edificio, había acampado una familia entera. Un niño dormía en un regazo abrazado a un biberón. Pasé de largo empujada por la misma fuerza que nos empujaba a todos: la desesperación.

Me quedé a vivir en la estación de Sants. Podía hacerlo porque sabía que no era una condena, solo tenía que resistir unos días hasta que Trudi me acogiera. Así fue como descubrí que la vida en la calle también podía tener su rutina. Las mañanas y las tardes que no trabajaba me dedicaba a recorrer bibliotecas. Disfrutaba del silencio y la tranquilidad. Leía libros, hojeaba revistas, de vez en cuando echaba una cabezada en un sillón. Allí las horas eran dulces y blandas como el pan. A primera hora de la mañana los lavabos de las bibliotecas suelen estar limpios y tranquilos. Sacaba el neceser de la mochila y me lavaba la cara y los dientes. Me encerraba en un váter. Me desnudaba y me pasaba una toallita desodorante por las axilas y otra por el coño. Me ponía un poco de crema hidratante en el cuerpo y si hacía falta me lavaba el pelo con una botella de agua de litro y medio. La taza del váter me servía de fregadero. Me arrodillaba en el suelo con la cabeza inclinada dentro y me mojaba el pelo. El primer día, el agua que había en el fondo me salpicó la cara y me dieron arcadas. Lo solucioné llenando el váter de bolas de papel. Me enjabonaba el pelo con una pizca de champú para que no se formara mucha espuma. Me enjuagaba administrando el agua limpia de la botella con prudencia, y a veces hasta me sobraba. No me podía creer que fuera capaz de ducharme entera con un par de botellas. Con el agua que dejamos correr por el cuerpo en un año, a ducha diaria, bastaría para lavarnos toda la vida. Me secaba con una toalla pequeña y me cambiaba las bragas y la camiseta. No tardaba más de siete u ocho minutos.

Tenía la maleta escondida en la ludoteca, pero una tarde me la llevé y al día siguiente fui a la lavandería. Como no tenía ropa suficiente para separarla por colores, la metí mezclada en el bombo, programé el lavado más largo y me senté a descansar. La lavadora masticaba la ropa lentamente. Le extraía la suciedad, las manchas, el sudor. El zumbido soñoliento de las máquinas era monótono, pero después de estar un rato oyéndolo sonaba como una canción. Cerré los ojos, con el móvil en la mano, los auriculares puestos y un chicle. Me adormecí, me despertó el grito de un niño de pecho, volví a adormilarme. Era bonito estar allí porque tenía sentido. En cambio las noches no lo tenían. ¿Qué sentido tienen sin el amor, sin la juerga, sin el estudio, sin el trabajo o sin dormir? Ninguno. Con tal de hacer algo más que vigilar, empecé a reflexionar. En cuanto me expulsaban de la estación me sentaba contra la cristalera y pensaba.

Miraba el mundo que me rodeaba. Repasaba el rosario de mi vida. Me consolaba la sensación de capturarme en los argumentos, de comprender. No buscaba justificaciones, solo maneras de explicarme. Las palabras son de trigo y secas pueden taparte. Me describía a mí misma, describía el mundo que me había tocado y era incapaz de imaginar un mundo nuevo porque intuía que un trozo pequeño de este tan miserable tenía que ser suficiente. Había que encontrarlo y reclamarlo. Lavarle la cara, frotarle la piel hasta quitar la inmundicia, aquella fealdad inhabitable.

Una mañana, cuando solo faltaban dos días para ir al piso de Trudi, recibí una llamada. Era el número de teléfono del trabajo. Salí de la biblioteca y me apoyé en el tronco de una palmera. La coordinadora del distrito me anunció que no me renovaban. Me quedaban un par de semanas de contrato y, si todo salía bien, quizá volvieran a contratarme dos meses más tarde. Me recomendó que me lo tomara como unas vacaciones. La mandé a la mierda. «Dos meses de paro no son unas putas vacaciones». No respondió. La plaza de cemento era de plata. El edificio de la biblioteca, una piedra engastada. Era ciego y mudo, un arma. «Date por notificada», y me colgó. Me miré los pies. Me dolían de tanto andar y de llevar siempre las botas puestas. Estaba cansada y dolorida. El dolor no es un puño, es una máquina. No tiene nada, ni voluntad ni conciencia. No conduce a nadie, por eso deshumaniza. Me resigné y me abrí la frente de tanto golpearme contra el árbol aquel.

Por la tarde fui a la ludoteca, dejé la maleta y arrojé las llaves encima de la mesa. Mi compañera dijo que no podía creer que abandonara de esa forma, que la dejara tirada. Pero cogió las llaves al vuelo y me advirtió de que si me iba así, sin comunicarlo, sin terminar el contrato, no me pagarían. Hice caso omiso. Cogí un puñado de caramelos de un cuenco de la sala de monitores y me lo metí en el bolsillo. Salí en el momento en que llegaban los primeros niños. Una niña de trenzas negras me saludó con un gesto de la mano y una risa blanca. Se llamaba Sana y se le daban muy bien las matemáticas. Su madre se había vuelto loca, su hermano la maltrataba. Le sonreí y me alejé de allí tirando de la maleta, se le había roto una ruedecilla y me seguía como tosiendo. Era extraño sentir que el trabajo, el sueldo y hasta los niños me importaban un bledo.

Trudi dijo que podía quedarme toda la semana, solo a dormir. Nada de pasarme el día en el sofá esperando a que llegara la noche. Su hermana volvía por la mañana y necesitaba estar tranquila y descansar. Acepté, no me hacía falta nada más. No sé qué vería en mí. A una hija perdida, pensé. La hija idiota que lo ha tenido todo y no ha aprovechado nada. Una especie de cosa pródiga que vive de la bondad de los que han sabido cavarse una trinchera en la que vivir a cubierto. No me gustaba estar allí, me encontraba demasiado en deuda y manifestaba claramente una característica que acongojaba. No mi infortunada situación, sino mi incompetencia. Si la vida consistía en tomar decisiones, las mías habían sido desacertadas. Si consistía en dejarse llevar, mi barca hacía agua, pero no porque me la hubieran dado así, sino porque la había agujereado yo. La había taladrado día a día a base de actos estúpidos. ¿En qué momento dejé de compartir piso con unas amigas y alquilé una habitación en el piso de un desconocido? ¿En qué momento dejó de tener ventana esa habitación? ¿Y en qué momento el trabajo perdió media jornada? La vida se articula a partir de esta clase de momentos. Se levanta, chirría, tropieza, se cae. Pero se mueve, nos alimenta y al mismo tiempo depende de nosotros, de nuestra voluntad, de nuestro ingenio, de la pasión y de la intuición. La vida está hecha de nada porque no es nada más que la gran posibilidad de vivirla. Y yo la había vivido, la vivía, la había construido. En realidad era una construcción frágil, inestable, un surtido de errores que no entendía.

Después de cenar me encerraba en la habitación de la hermana de Trudi, me tumbaba en la cama y apagaba la luz, y tenía la impresión de que el mundo se sostenía encima del agua y que el viento lo doblaba, que el día vivido, la noche que venía y hasta el propio día siguiente era un sueño desolador, el pájaro de alas rotas que malvive picoteando debajo de las mesas. Cuando te duermes así te levantas descorazonada. Me pasaba todas las mañanas. Me duchaba, me vestía, me miraba al espejo, tragaba saliva. Desayunaba con Trudi. Un café con leche y galletas María. Las sumergía hasta el fondo del vaso y las sujetaba con la cucharilla. Unos segundos después empezaban a subir burbujas, como si realmente las galletas se estuvieran ahogando y tuvieran un alma que se les escapaba, un alma pequeña. Me las comía a cucharadas, quince o veinte galletas convertidas en una pasta dulce con sabor a nata. Después recogía la habitación, cambiaba las sábanas, dejaba la maleta en el armario del recibidor y me marchaba con Trudi. Ella se iba a limpiar escaleras y un montón de casas. Yo me hacía un bocadillo para la comida y ella se llevaba una fiambrera con arroz o salchichas. Antes de subir al autobús me metía un billete de cinco euros en el puño y me deseaba suerte. «Nos vemos a las nueve, hoy cenaremos sardinas». Siempre lo tenía todo planeado y saber que yo formaba parte de sus planes, aunque fuera eventualmente, me infundía seguridad. La besaba todos los días mentalmente, sin saber que haciéndolo la bendecía. Me despedía cuando bajábamos en su parada, ella para cambiar de autobús, yo para seguir a pie hasta Sagrada Familia o hasta Portal del Ángel, donde me pasaba el día repartiendo currículos y preguntando en todos los bares y tiendas. Necesitaba un trabajo de cuarenta horas semanales. Estaba dispuesta a trabajar cincuenta, si no había más remedio, pero necesitaba un sueldo, el sueldo mínimo, el indigno, el que te obliga a compartir gastos, la casa, la vida. La ciudad es sanguinaria: fabrica solitarios y los obliga a convivir. No me cabía en la cabeza volver a dormir en la calle. El recuerdo de aquellas noches al raso era un maltratador que perseguía los recuerdos inocentes. Procuraba ahorrar los cinco euros de Trudi para pagarme las noches de albergue que necesitaría antes de cobrar el primer sueldo. Masticaba chicles, bebía agua de las fuentes, comía el bocadillo, no descansaba. Me había convertido en una sherpa de la necesidad, la compañía que me castigaba.

La última noche antes del cambio de turno de la hermana, Trudi me preguntó cómo estaban las cosas. ¿Había recibido alguna llamada? ¿Tenía algún trabajo en perspectiva? No soporto esta clase de preguntas. Te empujan al vacío. Te obligan a cavar, a extraer algo. A cavar, a cribar y a elegir las mejores palabras. Y, por si fuera poco, también has de ordenarlas. Ordenarlas y decirlas. No es lo mismo pensar una palabra que decirla, no, ni mucho menos. Si se piensa es un ser dentro de un vientre, existe y nada más. En cambio si se dice o, lo que es lo mismo, se escribe, es una mujer hecha y derecha, existe y tiene el poder de afectar la existencia de los demás. Puede hacer el mal o puede hacer el bien. O no hacer nada, que no es un término medio, sino un posicionamiento en un estado de bien o de mal. Las palabras que se echan al mundo tienen este poder. Y te arrastran consigo. No quiero ir a ningún sitio, no quiero que me lleven. No soporto las preguntas porque me obligan a moverme. Pero respondí, suelo hacerlo. No, no tenía nada en perspectiva. Ni sueldo, ni anticipo ni trabajo. «Pues mañana por la mañana te vienes conmigo». Y se levantó para recoger la mesa.

Enseguida me puse a ayudarla. Cogí el delantal antes que ella, llené el fregadero de agua, eché un chorrito de detergente y sumergí los cubiertos, los vasos, los platos y la sartén. Lo fregué todo y quité el tapón antes de enjuagarlo. A medida que bajaba el nivel del agua emergía la isla de porcelana. El aceite de freír sardinas brillaba como el jabón. Lo aclaré todo pieza a pieza con agua tan caliente que me quemaba las manos y me hacía mover los pies. Pensé en lo que me había dicho Trudi y me imaginé el plan que habría urdido. Tendría una conocida que se habría quedado en la estacada. Una cocinera. Una verdulera. Quizá una pescadera. Me llevaría de la mano para que tapara el hueco provisional auspiciado por la providencia. Respondería por mí. Daría su palabra. Cogí un trapo limpio y empecé a secar los platos. Mis pensamientos eran medievales, podían haber sido los de una huérfana en la Notthingam del siglo XII. Ninguna diferencia. Mientras ordenaba el cajón de los cubiertos intenté hacerme una idea de cómo debía de ser el mundo antes del asfalto. Un mundo de barro y polvo, con terrones secos, pura tierra. Sucio pero sin basura. Fértil, doloroso como ha sido siempre. Han tenido que pasar milenios para convertirlo en un lugar demasiado habitable. Le hemos usurpado el poder de crear alimentos, enfermedades, hábitats. Nos hemos explayado chupándole la dulzura, como cándidas. Eso es lo que somos, hongos civilizadores, constructores increíbles. Todo lo que tocamos se vuelve poroso. La palabra que mejor nos define es «veneno». Si pienso en un hombre y en una serpiente, solo uno de los dos me parece un animal amable.

Doblé el trapo húmedo y lo colgué en el respaldo de una silla. Ya casi había terminado de recogerlo todo. Primero dos vasos, luego tres platos, después una taza. En una casa, todo tiene su lugar. Nos hemos especializado en tener objetos. Somos insuperables concibiendo sitios donde guardarlos. Cuando no se tiene casa se pierde la costumbre de coger y dejar objetos. Me alivió guardar el cuchillo del pan con los demás cuchillos. Había un radio de orden que me sobrepasaba. Un rato después, cuando me desvistiera en la habitación o me lavara los dientes, los cuchillos seguirían allí. Es una sensación agradable saber que hay un perímetro resguardado más allá del propio cuerpo y de una maleta. El espacio en el que reposan las cosas que te incumben. Nuestro origen está en el núcleo de un universo concéntrico. Un útero dentro de una mujer dentro de una casa. Una casa dentro de una población dentro de unas fronteras. Mitad realidad, mitad fabulación. Creer en la ficción es tan esencial como experimentar la realidad. Aporta consistencia al sentimiento, y, en aquel momento, yo valoraba uno por encima de todos: la seguridad enclavada en el presente como una espada, desvinculada de toda promesa o posesión.

Las nueve y media de la mañana. La calle Nàpols, a esa altura, estaba particularmente frondosa. La fachada clara, con forja roja en los estrechos balcones y en el cierre de las ventanas. Los árboles que, cansados de vivir, se apoyaban en ellas. Dentro, un vestíbulo impecable hasta el punto de parecer gastado por tantas horas de pasarle la bayeta. Porque la suciedad afea, pero puede ser una forma de conservación. La limpieza es agradable, pero comporta un sacrificio, el desgaste de las superficies que se frotan. En aquel momento, para mí la limpieza era un aspecto que afectaba exclusivamente a la porquería. Mi trabajo consistía en eliminarla, en restaurar los escenarios que el trasiego de la vida se empeñaba en soterrar. De alguna manera se podría considerar un trabajo que aspiraba a la pureza, y tener presente esta referencia era provechoso, porque me pacificaba.

Subí a pie al primer piso y giré la llave en la cerradura. El pi, pi de la alarma. Leí el código que llevaba escrito a bolígrafo en la palma de la mano y lo reproduje en el teclado de la cajita que había al lado del interfono. Seis dígitos. Una fecha de nacimiento. Cerré la puerta, encendí la luz y me quedé quieta un momento. Respiré el aire cerrado, el olor concreto de la casa, una mezcla única compuesta de ropa limpia y ropa sucia, de cocina y basura, de suelas de zapatos, de cuerpos ausentes, de muebles y paredes, de jabones, de conversaciones, de café, de detergentes. Es imposible reproducir el olor de una casa en otro sitio. El aroma propio de un hogar tiene un ingrediente secreto, como los perfumes.

Era la segunda vez que ponía los pies en ese piso. Había ido la tarde anterior. La propietaria tenía el pelo rizado, del color del fuego. Llevaba una camisa entallada, pantalones anchos y zapatillas. Los botones de la camisa se le tensaban sobre las carnes y entraban ganas de tocarla. Me enseñó toda la casa. Gesticulaba. «Esto es la cocina», y hacía un amplio saludo, como de bailarina, que comprendía las superficies de trabajo, los quemadores, el monumento de los cubos de reciclaje y la gran nevera y congelador. «Esto es el cuarto de baño de invitados». Daba vueltas por su casa como si fuera una pista. El lavadero. Más allá, la sala. Entramos en un pasillo de paredes blancas, manchadas a la altura del lomo de un perro. Entramos en todas las habitaciones. Salimos a una terraza enorme que daba a la parte de atrás, en la que se pudrían una mesa, cuatro sillas y un tiesto de plástico con un arbolucho. Volvimos dentro. Otro cuarto de baño y otro más, el estudio, el vestidor. Tenía prisa y dijo que se alegraba mucho de que Trudi le hubiera pasado el contacto de una persona de confianza. Esa persona era yo. ¡Era yo! Según lo dijo me entró la risa. Hacía tiempo que no tenía tanta sensación de libertad. Dijo que pagaba a ocho euros la hora y volvió la cara. Sabía que ocho euros era poco. A mí me pareció perfecto y se lo dije. Volvió a mirarme. ¡Me dejaba su casa seis horas a la semana y encima me pagaba casi doscientos euros al mes! A cambio, solo tenía que ordenar y dejarlo todo como una patena. Me pareció un pacto extraordinario, no podía creer la suerte que había tenido. Y eso solo era el principio. En décimas de segundo, la lechera que acaba de descubrir en mi cabeza levantó un reino completo con una imaginación arrolladora igualita que la mía. Había cambiado el cántaro de leche por pollitos, los pollitos por ovejas, las ovejas por caballos. Los caballos tiraban de los carros, los carros se transformaban en carrozas. En las carrozas viajábamos nosotras dos. Los tejados de oro se columpiaban dentro de nuestros ojos, los tejados y los jardines repletos de sol y de crema. La mente puede tener pantallas, ser un gran probador. En ella, los sueños se travisten de pensamientos.

Trudi no daba abasto con todas las casas que le salían y decidió delegar algunas en mí, las más recientes. «No me hagas quedar mal». Me lo dijo una sola vez, perforándome los ojos, hablando solemnemente, pero no conmigo, sino con otra persona más seria que, según ella, tenía yo por dentro. Pero antes me adiestró. Diez días acompañándola a todas partes. Tenía la sensación de ser la escudera, pero en realidad era la aprendiza. Diez días observándola, arrodillándome con ella cuando había que arrodillarse, siguiéndole el juego. Si no podía quedarme a dormir en su casa me iba al albergue. Cuando se me terminó el dinero, me lo pagó ella. Pasábamos juntas más de ocho horas al día. Me paseó por barrios en los que no había estado jamás, en los que las pizarras de las panaderías anunciaban en la acera modalidades de pan con nombres que evocaban ciudades aztecas. Conocí toda clase de casas y me acostumbré a llevar una libreta para tomar notas. Productos específicos para la cocina y para el baño, una lista. Trucos para limpiar campanas extractoras y quitar la cal de los grifos. Llegué a la conclusión de que una buena señora de la limpieza no tenía por qué ser sistemática. Tenía que ser rápida, eficiente, maniobrar sin vacilar, adaptarse a los imprevistos: objetos fuera de su sitio, manchas resecas, encargos absurdos. Tenía que saber hacer todo eso sin quejarse ni aminorar la marcha. La señora de la limpieza era hábil, se anticipaba, tenía un espíritu de rally. Trudi lo tenía muy claro: viera lo que viera en una casa, entraba dentro de lo normal, menos si se encontraba con un muerto. Lo decía en broma, pero la creí. Porque existe una normalidad social reguladora que todo lo penetra y lo mancha. Se introduce en las casas pero no puede competir con otra normalidad inestable y múltiple, mucho más interesante porque es específica de cada hogar y concierne solo a sus habitantes. Las señoras de la limpieza son sus espectadoras y sus conservadoras, aunque a veces no les guste. Eso es lo más importante que aprendí los días que pasé con Trudi: el valor de la distancia. Lo toqué todo en todas las casas a las que fui con ella. Suelos, espejos, ropa, objetos. Todo pasó por mis manos. En cada mueble, en cada habitación reposaba una intimidad secreta. Estaba allí cuando llegaba a trabajar y tenía que dejarla intacta cuando me fuera. Y, sobre todo, tenía que conseguir no injertar nada de mi propia intimidad. Cuando vas a una casa una semana sí y otra también, cuando te arremangas y la cuidas, notas que se te abre y habla. No hace falta forzarlo, no hace falta hurgar. La casa te envuelve mientras trabajas, sabe cosas y te las quiere contar. Mediante estas cosas empiezas a relacionarte con gente que no conoces y eso es precisamente lo que hay que contener. Hay que encontrar la manera de escuchar con los oídos del trabajo lo que quiere ser contado, sin voluntad de devorar.

Trudi sabía hacerlo. No sé cómo me di cuenta. Pasaba por las casas como una monja por delante del altar, con una reverencia despreocupada. Se detenía el tiempo justo para arreglar una flor. Y en ese movimiento se concentraba lo esencial. El trabajo reducido a un arreglo, a una disposición espontánea. Si lo pensaba un momento me daba cuenta de que no era así, ella trabajaba para vivir, se dejaba el pellejo y se cansaba, habría preferido no tener que hacerlo. Pero, en cierto modo sí que era eso y me esforcé en imitarla. Adopté esa suerte que me propiciaba la vida y renuncié a la suerte misérrima que me tocaba por historia. La vida se desnudó delante de mí y era perfecta, porque era sencilla. Yo la elegía, ella me quería. Me amorré al trabajo nuevo como si fuera un manantial de leche allí donde todo era salado.

Tengo una casa nueva. Es el tercer día que voy, pero ya tengo las llaves. Llego justo cuando la propietaria se va a trabajar. Una rubia alta y delgada con ropa cara. No sé qué clase de trabajo podrá hacer con unos pantalones tan estrechos. Uno en el que solo pueda estar de pie. Me abre la puerta, me saluda a toda prisa y me recuerda que me ha dejado el dinero debajo del pisapapeles del recibidor. Dentro de una semana ya no lo hará. Se irá antes de que llegue yo y me dejará un post-it con lo que quiere que haga pegado a la nevera. También llegará el día en que desaparezcan los post-it. Y entonces la casa será mía. Sueño con un mundo de comunicación puramente escrita. Un mundo de silencio, sin caras, con casas sin gente que puedo habitar por horas a cambio de limpiarlas. Vivo en una habitación miserable en un caserón viejo con la calefacción estropeada. Pero allí solo duermo, así que es como si no viviera allí. El sueño es un secuestrador que nos aleja de las camas y de las casas. No le interesan los cuerpos, desea las almas dormidas y vírgenes. He alquilado una habitación para tener el cuerpo a cobijo cuando me sustraen de él. Antes de irme a dormir uso el váter y el lavabo. Por la mañana le doy comida al gato y me hago té. No necesito estante en la nevera. En el suelo de la habitación tengo una bolsa grande de botellas de agua, latas de cerveza y cajas de chicles y de galletas. Cuando no estoy en las casas que limpio podría decirse que vivo de puntillas.

Echo un vistazo al post-it y empiezo a trabajar. Tengo tres horas por delante. Dos para hacer el trabajo y una para descansar, así me las distribuyo. Las casas nuevas suelen requerir más dedicación porque están llenas de rincones, les falta orden y han dejado que se les atrase la limpieza de las cocinas y de los baños. Es curioso que las habitaciones en las que más corre agua sean siempre las más sucias. Las cocinas son el imperio de la grasa y los baños el de los hongos. Me pongo sin dilación, no estoy dispuesta a ceder ni un minuto de tiempo libre. Aspiro, quito el polvo, repaso los baños y ordeno, ordeno, ordeno. Pongo especial atención en recoger la ropa sucia que encuentro esparcida por el suelo de las habitaciones y del vestidor y limpio las huellas de dedos de las ventanas, de las mesas de cristal y de los espejos. Por una sola huella todo parece más sucio que el horno o el desagüe más inmundo. A esta casa todavía le falta mucho para estar limpia de verdad, pero después de haberla limpiado tres días, al menos tiene que parecerlo. No me da tiempo a mullir ni a orear los cojines y las almohadas, pero procuro abultarlos con unos cuantos puñetazos y los recoloco de manera que no le den al sofá la pinta de mueble cansado y parezca elegante y que las almohadas recuerden a los cabeceros de las camas de hotel.

Cuando entro en la cocina ya son las ocho y medida. Me queda media hora. La miro desde la puerta y decido que la columna que forman la campana y los quemadores será el altar, y que lo demás, los mármoles, los armarios, la mesa, la nevera y la gran estantería metálica que hace las veces de despensa miren hacia esa columna. Pero hoy ya es tarde y necesito un baño. Así que friego suelos y paredes con un líquido desengrasante, lleno el lavavajillas y programo un lavado, despejo los mármoles, arreglo un centro de fruta con cierta gracia en un plato de barro que se pudría en un rincón y tomo nota mentalmente de avisar a la propietaria de que hace falta un producto específico para el horno y la campana, que no se preocupe que lo llevaré yo. Rebuscando en el armarito de debajo del fregadero he encontrado uno que sirve. Estoy casi segura de que no sabe ni que lo tiene, así que me lo voy a llevar a casa, lo cambio de envase, lo etiqueto a mano y lo traigo como si fuera un secreto alquímico, como si fuera tan idiota que dedico tiempo a fabricar la piedra que transfigura la grasa. Me aprecian por esta clase de revelaciones, y por ellas me quieren conservar. Me miran y sonríen. Me dicen «¡Ah, qué bien!». Me ven como un ejemplar raro que satisface su orgullo de capataz. Les parezco despierta y mi ingenio no me honra a mí, sino a ellos, que son los que se lo pueden permitir. Por otra parte, que sea tan tonta como para venderme tan barata les da la sensación de que son inteligentes.

Peino las escobas, aclaro los cubos y los trapos antes de colocarlos en su sitio. Hay que limpiar los utensilios antes de guardarlos, lo hacen los médicos y los peluqueros. Me lo dijo Trudi y nunca he dejado de hacerlo. Remato la faena rociando las cortinas con un espray de azahar y me preparo un café. He encontrado las cápsulas en el segundo cajón. Me apetece un etíope, no por el café en sí, sino por lo que me evoca la palabra: me lleva al África subsahariana, a casas provisionales y a tierra sin asfaltar. A veces daría un brazo por perder de vista el horror de los cuarenta mil objetos que llenan las casas. Y la mierda de baldosines que todo lo precintan. Sería el brazo izquierdo. Y con el derecho haría autostop y robaría latas en las gasolineras. Como solo quedan tres cápsulas de etíope y a lo mejor alguien se ha fijado, meto la mano en la caja más llena y me hago un *espresso*. La verdad es que no noto la diferencia entre unos cafés y otros, y eso que lo tomo en todas las casas. Mientras la máquina se calienta investigo en la nevera. Se trata de mi desayuno y, como es una casa sin niños, no será una maravilla. Es difícil sustraer una comida de cara y ojos de la nevera de una mujer o un hombre solo. Los estantes dan auténtica pena y, no sé por qué, parece que las lonchas de jamón están contadas. En este aspecto, las casas con hijos adolescentes son las mejores. Las cocinas son cornucopias, rebosan comida. Es normal encontrarla amontonada por el suelo, y que las puertas de las neveras cuesten de cerrar. En estas casas me puedo atiborrar de quesos, embutidos, yogures, natillas y flanes. También de cosas de picar, de bollería y de toda clase de refrescos. Los adolescentes nunca han hecho nada ni han visto nada, pero comen como ladrones y sus guardianes lo saben. Y luego ya ni les preguntan. Cuando se acaba una cosa, se compra más. Me sumo a su forma de depredar sin ponerme en evidencia. Y con tres o cuatro casas al día, cumplo con todas las comidas que necesito sin tener que gastar ni un euro en comida.

Enjuago la taza de café y me preparo un sándwich de mermelada. Lo envuelvo en papel de cocina y subo al piso de arriba. También me llevo la fregona. Si llegara alguien, me serviría de coartada. Habitualmente procuro no usar los lavabos de los adultos porque, en general, estos son muy controladores. No puedo saber con certeza si la nuez de suavizante del pelo que cojo del bote estaba contabilizada. Si la huella de mis dedos en el bote o de mis pies húmedos en la alfombrilla del baño serán sospechosos. Me da mucho miedo sentir que soy adulta, por eso no debo de tener casa y mastico chicle. Cuando mastico un chicle me parece que tengo en la boca el escupitajo que le tiraría al mundo. Mastico, salivo, me tranquilizo, lo escupo y cojo otro. Suelo utilizar el baño de los niños porque el mundo infantil es caótico, y eso no quiere decir que sea loco, sino que contiene todas las posibilidades. Es un mundo al servicio del juego, no de la domesticación. Por eso tengo la tranquilidad de saber que cualquier rastro mío se confundirá con los suyos.

Como en esta casa no hay niños, me encierro en el baño de invitados. Saco la toalla y la muda de la bolsa y las dejo encima de la tapa del váter. Me desvisto. Hago una bola con la ropa sucia y la guardo en la bolsa. Me miro en el espejo. Tengo la piel muy blanca, como si me faltara cocción. Me pellizco los pezones, que son de perra, pequeños y estrujados sobre el pecho liso. Estoy tan flaca que las costillas parecen zarpas. Más que sujetarme me estrangulan. Me parece raro que sean mías, que tengamos huesos horizontales. Respiro. ¡Qué bien se está desnuda en un baño con calefactor! Abro el grifo de la bañera y la lleno con dos palmos de agua que humea. Me meto dentro y parezco un alimento. Me encantan los baños de diez minutos con agua que quema. Me enjabono, me sumerjo para aclararme y, cuando salgo, me seco, y me pongo una crema para piel atópica que he encontrado en un armarito y que no huele a nada. Luego repaso la bañera con la bayeta para quitar la espuma que se ha quedado rezagada, me visto, salgo y dejo la puerta abierta para que se vayan el vapor y el olor a champú. Sin soltar la fregona, cojo un plátano y un par de galletas de la cocina y me voy al porche a estirar las piernas en una hamaca espléndida; empieza a darle el sol.

Todo iba sobre ruedas. Hasta ayer. Esta puta casa nueva llena de cámaras. Cuando llegué estaban los dos. La mujer esqueleto y el imbécil de la americana. Se la quitó antes de decirme que me sentara en la silla, como si se preparara para darme una paliza. Solo le faltó remangarse la camisa, que era blanca y se le ceñía al torso y a los bíceps. Esa gente tenía la fijación de comprarse ropa de talla pequeña. Dejé la bolsa en el suelo. La mujer estaba de pie al lado de la ventana. Se había recogido el pelo en una cola floja y tenía una mano en el vientre plano. No me miró ni una sola vez. Miraba fuera, como la modelo de un cuadro, y de vez en cuando al imbécil, que fue al grano. El hombre se inclinó por encima de mí, me plantó el móvil en la cara. Allí estaba yo, en la pantalla, repantingada en su sillón zampándome un bocadillo. Pasó el dedo y me vi sacando un sobre de jamón y un botellín de cerveza de la nevera. Mientras separaba las lonchas para ponerlas en el pan me comía una allí mismo, de pie, como si fuera un calçot. Después abría el botellín y tiraba la chapa al cubo de reciclaje, que estaba al lado de la pared, a unos tres metros de distancia. ¡Cesta!

Vi cómo lo celebraba. Si no hubiera estado pensando en fugarme y con la boca sequísima, se me habría escapado la risa. Pero allí había violencia, una violencia de gasa que unía los bíceps del imbécil con mi cara. Los dientes. Los dientes me castañeteaban. Tenía que largarme de allí. Fui a coger la bolsa, pero me paró en seco. Dijo que todavía había más, que había cámaras en toda la casa. Miré a la mujer, que no me hacía el menor caso. Su indiferencia era más insultante que cualquier palabra. Me levanté, pero él me obligó a sentarme otra vez. Me puso la manaza en el hombro. Cerré los ojos un segundo, el que tardaron en aparecer las colombianas. No soporto que me toquen. Me pongo mala de rabia. Se me concentra en la cabeza, como si me la hubieran metido en un saco y, con la presión, se me fueran a saltar los ojos. Tenía el corazón en un puño y la conciencia de que algo grande se desfondaba. Miré hacia la ventana para empezar a salir de allí de alguna manera y pronuncié una sola frase, la única intimidación posible: «No tengo contrato».

Las siete y diez. Estoy en la calle, con la mochila en la espalda y un chicle durísimo en la boca. Lo escupo y me reprimo el instinto de pisarlo. Me han insultado y me han echado. Me han amenazado y me han lanzado un maleficio a la moderna. Que estamos en una ciudad pequeña y que dentro de una semana no me querrán en ningún sitio. ¡Qué maleficio de mierda! Habría preferido que me hablaran del fuego del infierno y de los hijos de mis hijos, al menos habría sido una escena más digna. Pero después de todo eso, el imbécil se ha limitado a seguir insultándome desde la puerta mientras yo cruzaba el jardín a toda prisa y desaparecía para siempre. No sé qué hostias pensaría la otra todo el rato, ni viva ni muerta, de madera. Habría preferido que me atacara también. Así ahora la angustia de la cólera no se sumaría a la náusea gigante, la del pánico que me atenaza. Atravieso varias calles en dirección al centro. Tengo otra casa a las doce, pero me siento insegura. Es evidente que el imbécil no tiene el teléfono de todas las casas en las que trabajo, pero sí el de quien le pasó mi contacto, y con eso basta. El vídeo circulará y será como un virus, no dejará ni una pantalla intacta. Entro en el café de la estación, me siento en una mesita al lado de la puerta y pido un café con leche y un croissant. Mierda, mierda, mierda. Santísima mierda. Yo sí que soy imbécil. Nunca me habían pescado. Tenía que haberlo visto venir. Ahora ya no les basta con las alarmas, por si fuera poco, instalan cámaras dentro de casa. Unos ojos invisibles que miran y hablan. Están por todas partes, comunican lo real con lo irreal, los smartphones y los relojes inteligentes con la guardería de sus hijos, con la residencia de la abuela y con sus propias estancias. Están enfermos. Enfermos de control y de espionaje. Eso no tiene nada que ver con el miedo a que les roben, es un voyerismo insano que se resuelve en crueldad. Yo sí que maldigo. Desgarro los sobres de azúcar y me quemo la lengua con el café y, entretanto maldigo. Trago bolas de croissant y maldigo. Pago los tres euros con veinte y maldigo. Maldigo, maldigo y vuelvo a maldecir. Los maldigo a ellos y, al hacerlo, me maldigo yo. Es como si ya no pudiera agradecer nada. Como si la vida nunca me hubiera dado nada, como si hubiera tenido que robarlo todo. No se puede vivir eternamente apuntando a la vida al pecho con una pistola. No se puede ser bandolero tantos años, siempre escondido, siempre con el antifaz puesto. Maldigo la confianza en mí misma, es una compañera traidora. Te infunde ánimos para que te lances contra la vida y después, cuando crees en ella más que en ti, te lo roba todo y te deja a la intemperie, sin armas ni ropa. Sola en un mundo que, cuando te ha escupido, se cierra detrás de un muro. Salgo de la cafetería y ando descalza. Las calles se han vuelto de barro. Ando entre olor a cerdos y el cloqueo insultante de las aves de corral. Me marcho a casa porque no voy a morirme. No voy a morirme. Tengo que desquitarme. Eso es lo que tengo que hacer.

Tengo que pensar pero no puedo. Solo puedo contar el dinero una y otra vez. Tengo una cosa por dentro, una cosa untuosa que se arrastra. Se me ocurre la palabra desesperación, pero la desecho. Esta baba negra no es desesperación. Es un ser de meconio, puro moco, sin huesos ni piel. El órgano de la desolación. Terriblemente adaptable. Chupador. Se pasea entre mis órganos, cabeza de sanguijuela, cola de serpiente, me los estrangula y me los exprime. En este momento lo noto aquí, agarrado al tubo digestivo como una hierba trepadora que mata a un árbol de asfixia. No me deja hablar, no me deja tragar, no me deja pensar porque está aquí, presente, presente. Cuento el dinero una y otra vez. Seis mil doscientos euros ahorrados. Y algo más en el monedero. Y ya está. Ni mucho ni poco, es lo que hay. No tengo nada más. Ni cuenta en el banco ni préstamos que valgan. La bolsa y la mochila. El neceser. Algo de ropa, unas botas, unas zapatillas deportivas. Tengo la impresión de que, hasta hoy, lo he hecho todo muy bien. Vuelvo a contar el dinero. Seis mil doscientos euros en billetes de cincuenta y veinte. Los ahorros de tres años. Tres años limpiando casas, con los gastos reducidos al mínimo. Tengo que administrár-melos muy bien. Se terminó comer gratis, bañarme gratis, lavar la ropa gratis, cuidarme gratis. Antes de entrar en casa he tirado el móvil al contenedor. He abierto la cubierta, he arrancado la tarjeta, he destrozado las entrañas con la llave y lo he tirado todo. Pura furia. A partir de ahora he de tener cuidado. A partir de ahora todo me costará dinero.

Paso unos días encerrada en la habitación. Solo salgo para ir al lavabo. No puedo ni entrar en la cocina. Lo intenté, pero está llena de objetos feos que me deprimen. Tazas desportilladas, platos agrietados. En el cajón de los cubiertos no hay dos iguales. Hay unos cuchillos horribles con mango de madera. No me había fijado. En la parte en la que la hoja se incrusta en la madera se ha formado una rebaba oscura, un depósito de mierda que viaja del plato a la boca y vuelve al plato. Qué asco. No estoy acostumbrada a pasar tantas horas en casa y no me gusta. Me encuentro con gente por el pasillo. Caras que no recuerdo con voces que me suenan de haberlas oído a través de la pared. ¡Qué necesarias son las paredes dentro de una casa! Paredes sólidas como muros que protegen desnudeces, llantos, conversaciones, masturbaciones. Que velan el sueño. Una casa llena de realquilados es un continente. Con sus idiomas y sus miserias, expuesta a las migraciones. Me imagino una pared de tela. Hay gente que vive así, detrás de una cortina, con otras personas, en la misma habitación. La tela está hecha para la piel, no para separar. Sueño con tribus, con campamentos. Con un sitio hecho de lonas y telas y pieles, acogedor. Pero estoy obligada a vivir entre casas, dentro de las casas, de las casas. Una casa no te acoge, te contiene. Porque la piedra, cuando toca el cuerpo, lo hiere. La piedra no tapa, protege. Qué miedo tan grande el de los frágiles cuerpos, qué miedo tan grande para que hagan falta muros, casas blindadas, alarmas y extensiones de nuestros propios ojos, extensiones ocultas que nunca parpadean.

Los sueños, irreductibles, se tendrían que poder abortar. Pero no, es imposible. Antes habría que ponerlos en una superficie metálica, abrirlos en canal y seccionar el deseo. Tal cual, como si se regara un árbol con lejía. Los sueños, como los árboles, se retorcerían con el horror de todo lo mudo que se expone a la violencia y a la tensión. Pero no, es imposible. Los sueños, irreductibles, son el consuelo y el dolor al mismo tiempo. Llevo el mío a la espalda, es el loro insistente que grazna sin parar. Es el pico que hurga en el oído como si presintiera que tengo semillas dentro. Si no fuera mi sueño, sangraría. Pero lo es, así que tengo que aguantarlo. Miro el dinero mientras me como un trozo de pizza. Es un buen fajo. Ahora que no tengo trabajo me ha entrado una especie de inquietud. Este dinero ya no son ahorros, ya no es lo que sobra mientras sigo ganando. Ahora es indispensable, lo que necesito para vivir. Ya no dependo de mí, sino de él. ¿Es este el poder del dinero? ¿Deberle el pan del día y el techo de la noche? Aunque siempre haya sido así, nunca lo había percibido de esta forma hasta ahora. Creo que soy yo quien lo cuenta, pero en realidad es él el que me tiene los días contados. Y lo sabe. Es el custodio de una parte miserable de mi futuro. Vuelvo a guardarlo en la mochila y la meto en el armario. La puerta del armario tiene llave, como la de la habitación, pero no la he cerrado nunca, ni me lo había planteado. La cierro por instinto y me guardo la llave en el bolsillo. Soy idiota. Pienso que si a partir de ahora hago esto será muy sospechoso. No creo que entre nadie en mi habitación cuando no estoy. Sé perfectamente que no despierto el interés de nadie. Además, la puerta de la habitación también tiene cerradura, es fácil, pero tendrían que forzarla para entrar. Y si entraran, les daría igual que el armario estuviera cerrado o no. Si entrara alguien, lo revolvería todo y encontraría el dinero. Hostia, tengo miedo. Con qué rapidez se transforma la inquietud en miedo. A la mierda. Me llevaré el dinero conmigo siempre. Eso es. Como si fuera un cazador y acabara de cobrar las cinco mil pieles de bisonte. Total, tampoco hace falte que me mueva mucho hasta que sepa lo que voy a hacer. Ir al súper una vez a la semana y poco más. Vacío el neceser, meto los billetes y lo guardo en la bolsa de deporte que usaba para ir a trabajar. Añado una toalla estrujada y unos calcetines sucios. Ya está. Acabo de reproducir uno a uno todos los movimientos de los ladrones y de los estafadores. La única diferencia es que mi dinero no es robado, al menos la mayor parte. Y que los moteles de las pelis cutres son más vistosos, mucho más vistosos que esta habitación.

Echo de menos la erótica de tocar los objetos ajenos. Dios mío. Se me marchitan las manos. Todas las mañanas me despierto a la misma hora, cuando se apagan las farolas y, por un minuto, a la luz del alba, todavía tenue, parece que la persiana no está rota. No me muevo de la cama. Espero a que se haga la luz, a que se abra como un jazmín. La luz, preciosa, pone en evidencia las manchas de la pared, las bolsas del suelo, la persiana rota, la gotera oxidada del radiador. La luz, que no puede ser más pura, reposa en la fealdad. El mundo es un pecado. Un error. El mundo es un enfermo que requiere cuidados constantes. El mundo se pudre donde no hay manos. Donde se ha podrido solo lo arreglan manos expertas. Me miro las manos, las manos expertas. Gritan desde hace días, horadan la noche. Las miro y comprendo el dolor que sienten. También la añoranza, su terrible compañera. Mis manos necesitan servir. Darían dedos por volver a la belleza. Por tocarla, desvelarla. Todos los días me despierto en el vacío, en la gran debilidad. Como galletas para saciar el deseo. ¡El deseo! Mesas de cristal, marcos de cuadros, brazos de sillón, jarrones, lámparas, jaboneras. Algunos objetos son cuerpos. Sinuosos, cálidos, expectantes. Algunos objetos desean que los toquen. Porcelanas, caobas, dorados. Atraen las partículas de polvo y las retienen a la fuerza si es preciso, cuando se abre una ventana y las motas de polvo, invisibles, en suspensión, estallan como granadas y se esparcen por todas partes. Tengo la impresión de haber vivido en palacios, de haberme sentado en los sofás más cómodos y en las mejores sillas, de haber bebido cristal, de haber vivido pisando alfombras. He elegido el aire que respiraba. He dispuesto adornos. He aprendido a pasar por alto todo lo que no era bueno o que molestaba. He vivido bien, viviendo así. Me he cansado mucho pero no pienso en eso. Como si me acabara de abandonar una amante, las casas, en el recuerdo, solo contienen lo mejor.

En este encierro me he reencontrado con mi cuerpo. Lo recorro con las manos y me parece un cuerpo nervioso. La piel seca, pegada a los músculos delgados. Por dentro, los músculos acordonando los huesos. No sé en qué momento el cuerpo deja de ser nuestro y pasa a ser del trabajo. Mi cuerpo ya no es mío. El trabajo lo ha fortalecido y lo ha desgastado. Lo ha requerido y lo ha maltratado. Como si todo el cuerpo fuera una herramienta con la que nacemos todos, la primitiva. Qué pensamiento tan vivo, ahora que no tengo ocupación. ¡Qué idea tan aberrante! A priori, mi trabajo no era bueno, pero había aprendido a pervertirlo lo suficiente para darle placer y descanso al cuerpo. De todo eso, de esa buena vida, ahora solo me queda esto, un descanso tedioso, porque el cuerpo se ha macerado como la fruta en almíbar. Los días no pueden ser más largos en esta habitación. La fealdad me enferma. La piel se me insensibiliza. Me busco los pliegues, donde la carne roza con la propia carne, donde radican los nervios que viajan hasta el cerebro, a los centros de la euforia y del deleite. Y no siento nada. Me lamo los labios y son de sal. Me busco el coño y encuentro un muerto. Hablo con el techo y me responden las paredes. Nada es exterior, todo es ruido e interior. Suena el timbre y no quiero levantarme. Pero estoy sola y el timbre insiste.

FASCINACIÓN

Volvió y se sentó a los pies de la Diferente,
miró a la Diferente a la cara.

Poema de Gilgamesh

María no es una mujer como las demás. Es de madera. La verdad es que no lo parece. Parece de carne, se diría que lo que la sostiene debajo de la carne es una arquitectura de huesos con encajes y batientes. Una no va por el mundo pensando en esqueletos. Una nunca llega a ser completamente consciente de que lleva dentro sus propios vestigios, en lo que se encarniza la muerte, lo que roe la muerte como si fuera un perro, tumbada en el ataúd, durante décadas quizá. Una no piensa en eso, yo no lo pensaba. Hasta que conocí a María y empecé a sospechar que era de madera, que procedía de un tronco vivo, de un roble o de una encina. Cuando llegó parecía carne que vestía los huesos. Encima de la escasa carne, un abrigo. Llamó al timbre. Llamaba. Esperaba. Insistía. Hay formas de llamar que te dicen que saben que estás ahí, al otro lado, en el sitio interior que guarda la puerta. No lo digo por la insistencia. La insistencia puede ser una forma de ceguera, puede ser brutal, la cornada que se repite, sin razones, el cráneo loco, empecinado. Pero también hay formas insistentes de llamar que demuestran inteligencia. Lo supe en ese momento. Intuí esa presencia allí mismo, despierta detrás de la vieja puerta sin pomo, con la cerradura por mirilla. Silencio entre llamada y llamada. Un silencio hecho de tiempo en el que el oído oye con el corazón atento. Me levanté de la cama descalza, con los pies lentos. Debajo de los pies, las baldosas frías. Las manos expertas palpando el pasillo. En las tardes de invierno las casas solitarias se llenan de negro. No encendí ninguna luz. La puerta de la cocina estaba abierta. Me acerqué a la ventana y pegué la mejilla al cristal. Un pinchazo de hielo. El cristal se empañó de repente, tierra de gato clavada en las plantas de los pies. Borré el aliento con los dedos. La farola de la calle daba una luz anaranjada, exagerada. Tuve que forzar la vista para verla. Un abrigo claro, la capucha puesta, piernas estrechas terminadas en unas manoletinas que no encajaban con el grueso abrigo ni con la humedad helada que flotaba como gas a ras de suelo. Cuando el cristal volvió a empañarse la mujer iba descalza, tapada con un manto. Se inclinó. Percibí su determinación y al mismo tiempo un leve desfallecimiento. Limpié el cristal otra vez y ella volvió la cara hacia mí. La reconocí al instante. Ella no me vio. Alargó un dedo y volvió a llamar.

La he invitado a entrar y estamos sentadas a la mesa de la cocina. El frío ha entrado con ella, un frío voluntarioso, casi con alma, como si fuera humano. La acompaña, se le ha arremolinado, y me doy cuenta de que se desata en cuanto reconoce el frío intenso e inerte de la casa, hecho de ausencia: el vacío pavoroso que queda cuando llega el invierno y se va el calor. Noto el frío que repta por el pasillo, se cuela por debajo de las puertas, se esponja, se enseñorea de cada habitación. Un frío así no se va ni quemando la casa. Parece un castigo, el precio justo por no haber arreglado la calefacción a tiempo. Sé que ahora este frío me vigila, que de algún modo su presencia me da solidez y me sostiene. María no quiere quitarse el abrigo pero acepta una infusión. Me parece extraño que esté aquí, ella, que ni se inmutó cuando su marido me amenazó y me despidió. Y me inquieta esta impresión de que la extrañeza radica en ella, todavía no sé cómo. La miro y creo que la contemplo, que la mirada me nace fascinada. Así debe de ser la mirada que el secuestrado lanza al secuestrador.

María ha puesto las manos encima de la mesa y en ellas reposa la mirada. No se mueve ni habla, pero no me parece que espere, simplemente está. Pongo agua a hervir y busco en los estantes. Busco algo que no sea té malo. Encuentro una tableta de chocolate y se la ofrezco. Me mira y me da las gracias. No quiere. También encuentro una selección de tés. No sé de quién son. Cojo una bolsita y la dejo caer en la taza. Echo agua hirviendo, que, al ponerse en contacto con la bolsita, se vuelve sangre y exhala un aroma ácido. Dejo la taza en la mesa, delante de ella, y me siento. Pienso que también tendría que haber preparado algo para mí y así tendría las manos ocupadas. Ahí sentada, no sé qué hacer con ellas, tengo la sensación de que crecen por momentos y de que se mueren de ganas de estrangular.

«Vengo a disculparme», dice María. Me sorprende la voz. Recordaba una voz fría que quería dominarme. Una voz de ama, de propietaria. ¿Qué se sentirá cuando se tiene una casa? ¿Cuando todas las habitaciones, los muebles y los objetos son tan tuyos como tus dientes o tus zapatos? ¿Cuando hay un espacio en el mundo arreglado y delimitado solo para tu protección y deleite? Me imagino que una gran certidumbre, la seguridad que proporciona la acumulación continua. Y quizá al mismo tiempo un gran aislamiento, porque la abundancia es un atributo de la naturaleza que se toma prestado. El atributo verdaderamente humano es la escasez, que es lo que impulsa a los humanos a buscarse para entenderse y aliarse. Me considero humana, pero me pienso y me contradigo, yo, que vivía en la separación, que le robaba a la abundancia. Que estaba bien, que subsistía en aquella réplica necesaria que el imbécil se cargó mientras ella lo consentía y le daba el visto bueno desde lejos.

La miro. No me parece que esté arrepentida ni cansada. Me parece opulenta y terriblemente estática, presente. Encarna la violencia de aquel día, de la casa que conozco a fondo porque la limpié y la disfruté a partes iguales durante semanas. Tengo la sensación de que debería decir algo, pero no sé qué. Estoy incómoda y excitada. La situación es anómala, incomprensible. Una cabeza pensante, exterior, una cabeza centrada y con las lecciones aprendidas, se negaría. «Es insultante», corroboraría. Y pondría mala cara y se volvería fea tratando de reflejar la fealdad que tiene enfrente y que no entiende. Quien tenga una cabeza así me entendería. María no, María me inquieta. Y la inquietud, que no es un lugar, me interesa. Me interesa lo que no es firme, el movimiento, cualquier cosa capaz de sustraerme a esta vida. Quisiera un dios, sería práctico. Creer en un dios para evitar la incertidumbre. Tengo dinero, mis ahorros. Pensar en el dinero me tranquiliza. Son mi casa, el abrigo y el alimento, permiten conjeturas, consuelan el pensamiento. A veces cojo el fajo de billetes y es como tener en las manos un mundo pequeño de cosas necesarias. Quizá el futuro se concentre en esto. Quizá la cazuelita de las manos sea el cáliz más sagrado. Me gusta tocar el dinero. Lo hago a menudo y tengo la sensación de que, dentro de mí, existe una memoria antigua que se explaya. Una memoria impropia, colectiva, que me arrastra y me sobrepasa. Cuento el dinero con la facilidad con la que robaría nidos o encontraría bayas. Lo amontono de noche, a la luz de la linterna, que da una luz de vela. Se me eriza el vello, el corazón me habla de ladrones. Los ojos degustan los billetes de uno en uno, los ensalivan con la lengua ávida. ¡Qué seguridad tan relativa, con la intemperie que amenaza! Es la que da un trozo de carne o un chorro de agua.

María bebe en silencio. Me gusta que esté aquí, conmigo. No sé qué quiere. Parece que la impulsa una voluntad que no es la suya, como si se hubiera rendido y no le costara dar ningún paso. Ya estaba así aquel día, mientras el imbécil me amenazaba. No me miró, no dijo nada. En realidad, a lo mejor ni estaba. Se orientaba hacia la luz, hacia la ventana, donde algo la seducía. No sé por qué no me sorprendió. Las mañanas que iba a limpiar su casa me recibía con el abrigo puesto y me leía a toda prisa la lista de lo que quería que hiciera. Después la dejaba en la nevera sujeta con un imán y, mientras se calzaba, buscaba el bolso. Llevaba zapatos de tacón. Repicaban como picos de ave en los suelos de mármol. Cuando por fin encontraba el bolso, metía dentro el portátil, y desaparecía diciendo adiós, sin mirarme. Tanta prisa me agotaba. Necesitaba un café, sentada en el mismo taburete que ella, antes de ponerme a sacar trapos y a preparar la mopa. Un café para borrarla, para quitarme de dentro lo que me dejaba, un remolino. Después me ocupaba de la casa. Era una casa grande y bien orientada que parecía atraer el sol y retenerlo más que cualquier otra. Me lo encontraba tumbado en todas las camas, apoyado en las paredes e incluso en delgadísimas flechas perdidas debajo de los sofás o entre las revistas. Ahí vivía María con el imbécil, pero daba la impresión de que no habían conseguido habitarla, de que la casa los contenía sin entregárseles, esperando alguna cosa: un hijo.

María deja la taza en la mesa y pone las manos en el regazo. Una encima de la otra, formando un cuenquito que me recuerda a los mendicantes, a la clase de gente a la que ella no miraría. Tiene los ojos bajos. Los hombros vencidos de pronto, como si al inclinarse para dejar la taza se le hubiera roto algo por dentro y se hubiera quedado doblada. Tiene el aire resistente de una estatua y me descubro buscándole verdín en los pliegues del cuello. Una mancha de óxido, restos de guano, una hormiga. Nada. Ese cuello blanco lleva la vida como un triunfo, la multiplica. Me abalanzo y estrangulo. La taza cae, se rompe. Estamos en el suelo. Espero. Espero. Espero. María no se mueve ni pronuncia ninguna palabra más. Miro sus labios pálidos, nada prominentes, como una oruga plana, soñolienta, tumbada en su cara. Tal vez lo que hago es mirarla por primera vez. Los ojos de muñeca, ni muy abiertos ni cerrados del todo, simétricos, cargados de pestañas rubias, tupidas y cortas, todas de la misma medida, como si llevara un cepillito encima de cada ojo. Las cejas brillantes. La nariz, puro hueso que no deja a un ojo mirar al otro. Las mejillas monocromas y delgadas, como toda ella. A la piel le falta algo, no tiene arrugas, ni manchas ni lunares. Ahora mismo es una mujer sin edad. Con el pelo de heno suelto. La ropa sin forma y el abrigo azul cielo. Ni espero nada ni sé qué decir, pero es como si el tiempo fuera una llama débil y ella hubiera venido a amortiguarla con una luz más fuerte, incombustible. Me asalta la sensación de que podría vivir así, en su presencia. La huelo a fondo, sin moverme apenas, solo levantando la barbilla y abriendo las fosas nasales de par en par. Este olor orgánico y enjuto a oscuridad proviene de ella. Es el olor que se queda en las manos cuando se ha vaciado una casa antigua. Entonces pienso que no es una mujer como las demás. Quiero decir que realmente no se parece a ninguna otra. Que físicamente es otra cosa, porque eso que le cae del ojo lentamente, tan lentamente que no puede ser una lágrima, solo puede ser resina.

María se queda a vivir en casa. Parece sentir lo que pasó. Estoy segura de que necesita un sitio donde esconderse. Es una perseguida. Hay alguien fuera, más allá de las paredes de la casa, en la noche inundada de luz anaranjada, que se ha entregado a la misión de matarla. Es como si ese alguien fuera un rey y tuviera por ojos los de todos sus súbditos y secuaces. Pero no me parece aterrorizada ni desanimada. Su boca es pura decisión, su aceptación es tan grande que me alcanza y se hace mía. Nunca había sentido tanta impotencia. La impotencia es como la gangrena, totalitaria, pero en vez de matarme quiere que le dé la razón, quiere convencerme. Me ocupa, se fortalece, cicatriza en mí en cada eslabón débil, en las costuras extremas, en los sitios en los que la mente se remata en nudos inestables. Firme como una creencia, la impotencia deja que yo repose en ella. Qué paz inmensa cuando te sostiene un músculo.

Tengo a María aquí. Es el ojo del huracán, el sitio de quietud en el que se originan las fuerzas capaces de absorberlo todo y de darle la vuelta. Ella, con esas manoletinas que son como ir descalza. Con ese abrigo que no se quita nunca. Ella lleva la destrucción en el cuenco de las manos. Una destrucción que es necesaria, como el incendio de un bosque. Y trae lo que sigue a la destrucción cuando no es devastación: una reconversión total, la posibilidad de promover estallidos, de renacer. Mi casa es el lugar, el último refugio. Lo primero que pienso es que tenemos que deshacernos de los demás realquilados para convertir la casa en un sitio seguro. También tengo que buscar trabajo. Una casa cerrada es sospechosa. La puerta principal de una casa sirve para abrirla todas las mañanas y cerrarla todas las noches. Es la portavoz del trasiego, la que habla de la normalidad de todo lo que ocurre dentro en secreto. Eso quiere decir que me tengo que ocupar del mundo para proteger a María. A partir de este momento mi vida encubre la suya. El simple hecho de pensarlo me complace. No puedo decir que mi entrega sea un acto de amor. Tampoco que obedezca a la compasión ni que tenga una motivación egoísta, la de huir del vacío pavoroso en el que cae mi vida y se vuelve lejana, pequeña. Lo asumo como una tarea. Siento que me la han encomendado y que es imperativa. Sin embargo, lo más raro y evidente de todo es que todas las decisiones que se derivan de ella no dependen de mí, porque, de alguna manera, ya están dichas.

Llevo a María a la habitación. Ha venido sin equipaje y siento como si acabara de convertirme en su esposa. Como

si mi habitación fuera nuestra alcoba, en la que nos espera-
se un lecho inmaculado y un biombo con los camisones
dispuestos. Entramos. Con un gesto le ofrezco la cama deshecha, el armario, la silla, todo lo que tengo. Hago que lo
contemple y sé que le parece bien, que se queda aquí. Me
dan ganas de abrazarla, de excavar un agujero para enterrar
la alegría que me he descubierto por dentro. Y poder decir
que esto, mi habitación, ahora es un lugar sagrado porque
aquí empieza algo desconocido que todavía me sobrepasa.

María pasa las horas encerrada y, cuando voy a ofrecerle
algo de comer, un té o un vaso de agua, la encuentro sentada en la silla, con el respaldo pegado a la pared y ella de
cara a la ventana. El marco de la ventana es de madera, que
se ha ennegrecido por la parte de abajo. Se ve lo podrido
desde la cama y se oye el silbido persistente de las corrientes de aire. Los árboles de fuera han entretejido las ramitas
y ya no crecen. Ocupan el patio formando una especie de
sobradillo en el que únicamente el sol se atreve a liarse. La
luz del crepúsculo parece que tiene plumas y que se pose
sobre el mundo, sobre ciertas personas y objetos como si
fueran sitios seguros, definitivos, el palo en el que recoger-
se. María atrae esa luz como una vara el agua. Se le pone en
la frente y la vuelve lisa, fría como la porcelana. Las manos
en el regazo y la mirada baja, sin cerrar los párpados nunca
del todo. Es su forma de estar, un reposo que recuerda a un

tránsito. No me pregunto en qué piensa ni qué siente porque su presencia es tan sólida, tan mayestática y al mismo tiempo tan inequívoca que excluye la posibilidad de que en su interior suceda algo fugaz, voluble y caprichoso, como todo lo que pertenece al orden de las emociones y de los pensamientos. Estar en la misma habitación que ella es como estar en presencia de un efigie vista y representada mil veces. Encarna un poder, una pujanza. Pese a ello despide una calma grandiosa como solo pueden desprender el mar o el cielo. Y, como ellos, también parece existir desde el inicio de los tiempos. Pensé que si viene de tan lejos no puede tener pasado. Me pregunto si una vida humana como esta seguirá siendo solo humana.

Son las dos y media de la madrugada y estoy en la cocina. He dormido un par de horas, con los brazos cruzados encima de la mesa haciendo las veces de almohada. Tengo tortícolis y una taza de té frío delante de mí. Me levanto, pongo la taza en el microondas y me hago un huevo frito. Estoy empezando a cocinar, soy consciente. Lo hago por María, por mí no lo habría intentado jamás, pero no me desagrada y aprovecho. Echo una rebanada de pan a la sartén y la frío también. Lo pongo todo en un plato y lo llevo a la mesa con el té recalentado. Me siento. Todavía no he conseguido freír un huevo con la yema intacta. Esta ha reventado nada más caer en la sartén y se ha cocido por completo. Ha pasado de un naranja vivo a un amarillo mate y tiene una textura arenosa. Todo, incluida la tostada ahogada en aceite, parece de plástico. Me lo como. Está rico.

Da mucho trabajo ocuparse de otra persona. Tengo la sensación de que la limpieza no es más que una disposición, arregla y acondiciona las casas para que se puedan llevar a cabo acciones de mayor envergadura. Diría que cocinar es una de ellas. Diría que cuidar a otra persona es otra. No sé hacer ninguna de las dos. Es más, hasta hace muy poco me repelían. ¿Qué tendrán en común estas tareas y otras que todavía no sospecho? No estoy segura, pero intuyo que tienen que ver con la transformación.

Lamo el plato. Apuro la taza. Estoy atada a María tan fuertemente que me cuesta respirar. No soporto las voces de los otros realquilados. Cuando me encuentro con Olga o Mundo en el pasillo me entran ganas de sacarles los ojos. Una boda secreta pide amortiguar las caras y los cuerpos, reducirlos a ceniza. Tengo que barrer la fiesta y conducirme hasta la puerta junto con estas dos personas. Expulsarlas sin que sospechen que yo me quedo dentro. Que allí empieza la celebración.

Llevo años actuando, inspirando confianza, traicionando esta inspiración. La violencia toma muchas formas. Puede ser la bomba que explota, el arma que apunta, la cuerda que se tensa. Puede radicar en la voluntad de quien la ejecuta o en los ojos de quien la presencia. La violencia está íntimamente relacionada con la saliva. Seca la boca o la prepara para el deleite. Me toca fabricar una idea, vestirla y adaptarla a la casa, a mi escenario, a mi sala de juegos.

Elijo una forma humilde, no podría serlo más. Estoy familiarizada con los gusanos, no me dan asco. Los hay prácticamente en todas las casas, aunque a menudo la gente no lo sabe. Viven en los pliegues más recónditos de los asientos de plástico de las tronas de los bebés, en ranuras que acumulan restos de papilla y de puré. Una limpieza superficial nunca llega a estos rincones en los que el alimento se pudre y surge la vida, una vida arrugada que se desovilla y se multiplica con ansia formando colonias que se devoran a sí mismas. También he encontrado gusanos en las costuras de los sofás y en los anclajes de las láminas de los somieres, en algunos rincones podridos de debajo de los fregaderos, en el mecanismo de los pedales de los cubos de basura, incrustados en la goma antideslizante del plato del perro y en las estanterías altas de los armarios de la cocina, que son sitios inhóspitos como desiertos navajos donde al final caduca lo que no caduca, el nescafé y la harina de maíz. Allí, encima de una fina capa de polvo, tan pura que parece cocaína, dibujan sus mandalas muchas generaciones de gusanos. Nacen estupefactos, viven engullendo, mueren contorsionándose. Más que morir parece que se batan, que pretendan exhibirse, hacer ruido, atraer a la propia muerte como si se tratara de una hembra. María me hace saber que ya no me basto a mí misma. Lo que necesito, aquí y ahora, es ella quien me lo da.

Entro en su habitación: sentada con las manos en el regazo y la mirada estática, no mueve ni las pestañas. Y siempre con esa sonrisa rara que le transforma la cara. Cada vez se parece menos a la mujer que conocí. Aquella mujer que por la mañana, más que despertarse, parecía que se ponía en marcha. Aquel remolino aturdidor. Aquella propietaria. Ahora evoca a una desposeída. No es que parezca que no tiene nada, más bien parece que lo ha abandonado todo.

Que lo que tenía todavía le pertenece de alguna manera y querría seguir con ella, pero es ella la que lo aparta. Hace falta mucha suavidad para sacar el tobillo del grillete. María la tiene, sabe hacerlo. Como si se hubiera vaciado de corteza y savia, se ha vuelto dura y resplandeciente. Las horas le pasan por encima, verticales. La noche la pule con manos ásperas. Tiene la frente más lisa que nunca. Vetas fibrosas, subcutáneas, le pasan por las mejillas y se le incrustan en el cuello. La ropa, un vestido blanco con cinturón, le queda ancha, parece una sábana debajo del abrigo azul cielo de capucha fina, que siempre lleva puesta. Y va descalza. No sé qué ha hecho con los zapatos, no están en ninguna parte. El frío le ha hecho los pies de cera y le ha inyectado su aliento violáceo debajo de las uñas. Ni me mira ni habla, por eso no me explico por qué tengo la impresión de que me observa intensamente.

Recojo del suelo un plato con migas y una taza vacía, saludo a María con una leve inclinación y salgo. Como todavía oigo voces en la cocina, dejo los platos sucios en el mueble del recibidor y salgo de casa tan furtivamente como he entrado. Llevo la documentación en el bolsillo, hacía años que no la cogía. Tengo que ir urgentemente a unos de esos sitios detestables en los que es necesario identificarse.

Entro en la sucursal con la nuca erizada. Está llena de gente. Hace mucho tiempo que no formo parte de un grupo circunstancial de personas tan numeroso. Lo evito no yendo nunca al médico y entrando en el súper cinco minutos antes de que cierren. Preferiría no tener que mirar a nadie, pero es imposible. Los cuerpos se apoderan del espacio y se comportan como plafones móviles de un laberinto en el que tengo que adentrarme. Forman una primera barrera doble en grupos de cuatro en la zona de los cajeros automáticos de la entrada. Contengo el aliento y procuro atravesarlos como si fueran un muro y yo un espíritu que lo traspasa. Me dan un codazo. Una mujer se queja, me ridiculiza en voz alta para que la oiga todo el mundo. Nadie le responde. Los cuerpos me parecen gordos. Quizá no lo sean, vistos de uno en uno. Pero juntos llaman la atención. Se los ve cansados, están sobrealimentados, da la sensación de que tienen un registro pobre de movimientos, de que siempre hacen lo mismo, levantar un poco los brazos y las piernas, mover algunos dedos. Les cuelga la cabeza, les pesan los hombros. Viven medio doblados, respiran con unos pulmones sucios y disminuidos. Son jóvenes y blandos. Envejecen y siguen siendo blandos. No me siento así pero me pregunto si debo de ser así, si me habré vuelto igual que ellos, porque allí dentro somos un solo cuerpo que pide. Y somos una sola mente asustada.

Una hora después estoy en la calle y una parte de mí, mi nombre y mis apellidos, se ha quedado allí dentro. Ahora tengo una cuenta corriente y puedo ponerme a buscar un trabajo con contrato. Un trabajo como una paliza, que me machaque el cuerpo y me deje la cabeza irreparable.

Entro en casa y aguzo el oído. Reviso el perchero de la entrada. Me asomo a la cocina y al cuarto de baño. Compruebo si el gato está en el comedor y si las puertas de las habitaciones están cerradas. No hay nadie más que María. La situación me satisface. Tanto es así que me atrevería a decir que, más que satisfecha, estoy contenta. Hace tiempo que no lo estaba. Años. Me corre la alegría por dentro como agua por una acequia, con ganas de verterse. Sin pérdida de tiempo, entro en la habitación. María no se mueve ni me mira. Siempre está allí, sentada en la silla, con los ojos adormilados, una leve sonrisa y las manos, que se le han puesto delicadas por falta de uso. Está inmóvil y ausente, entregada a su tránsito particular, como si acabara de visitarla un ángel. Creo que si un día me la encontrara de pie o echada en la cama me daría el mismo susto que si, al abrir la puerta, encontrara un buey o una llamarada.

Me tapo la nariz y la boca con el cuello alto del jersey y me arrodillo junto a ella. Los gusanos están allí, amontonados unos encima de otros, lascivos y somnolientos. Me resulta extraño que unos seres tan recientes, embrionarios, unas larvas de pocos días, tengan un color tan viejo, tan de anticuario. Un amarillo que es como la pátina inmunda del tiempo. No se me ha ocurrido coger una cucharilla. Ni siquiera unos guantes. Da igual. Cojo un puñadito con los dedos procurando no aplastarlos. Se activan de golpe, se convulsionan de la mano cerrada, buscan un resquicio por el que suicidarse. Salgo sin hacer ruido y me dirijo a las otras dos habitaciones. Son habitaciones contiguas y están situadas cerca del recibidor. Entro en la habitación del chico. Lo único que sé de él es que trabaja en un gimnasio. La cama está deshecha y encima hay un montón de ropa que tanto puede estar limpia como sucia. Echo un vistazo general: una estantería llena de trastos, unos guantes de moto y un casco. La mesita llena de frascos. Un sofá pelado con las fundas gastadas. La ventana entreabierta, pero tan poco que ni ventila. El frío que entra empuja el olor a pies más adentro.

Dejo caer unos cuantos gusanos al suelo, en la mesita de noche y en la almohada. Quince o veinte. Los de la almohada son más impúdicos. Hay uno con la cola rota que suelta un juguillo que parece caramelo. Otro empieza a chuparle la herida. Lo está vaciando y no tarda en dejarlo seco. Salgo de la habitación. No es necesario hacer nada más.

Unos días después han aparecido gusanos en todas las habitaciones. Hasta en la mía, lo que acabo de anunciar. Entro en la cocina, Mundo y Olga están discutiendo. Hablan de la peste, hablan de insecticidas, hablan del parquet podrido y del contenedor de compostaje de la casa okupada de al lado. En un momento de clarividencia Olga habla incluso de la caja y de las cagadas del gato.

Entro en la cocina con cara de enfadada. Tiro una bola de papel higiénico a la basura y digo: «Qué puto asco, acabo de quitar una mierda de gusanos del armario». La discusión sube de tono y quedamos en que hablaré con el propietario. Es cosa mía porque soy la realquilada más antigua y dan por sentado que tengo el contacto, pero en realidad no es así. El propietario de la casa es un abuelo que vive en una masía ruinosa de las afueras, donde empiezan los campos. Voy allí el día cinco de cada mes y dejo en el buzón un sobre con el alquiler de las tres habitaciones. Un perrazo negro con ojos de cristal lo pregona a pleno pulmón. Está atado al eje de un tractor desmontado y lleva un collar de espinas. Hace años que no le veo la cara al abuelo.

Pero nadie se queja, los sobres desaparecen, yo sigo ocupando mi habitación y los demás realquilados van y vienen. Cuando una habitación se queda vacía me encargo de anunciarla. Cuando algo se estropea le digo a todo el mundo que el propietario no quiere saber nada de reparaciones y que, si no les parece bien, pueden pagarlo ellos o largarse. Nadie ha mandado arreglar nada nunca, al final todo el mundo se marcha.

Me he adaptado a vivir sin calefacción, solo con un fogón, entre corrientes de aire y goteras. Parecía que Olga y Mundo también. Pero esto de los gusanos los supera. Han encontrado gusanos en la despensa, entre la ropa, en la taza del váter, dentro de la cama e incluso enroscados en los cordones de los zapatos. Están convencidos de que es una plaga y de que habría que fumigar la casa. Me miran como si yo tuviera la culpa. Pero sé disimular. Afirmo que he visto salir un mar de gusanos de detrás del zócalo roto del comedor. Muy seria. La voz más seria todavía, extremadamente seria. Me asombra lo fácil que es insertar en una cabeza una idea insana. La casa entera está podrida, ahora lo sabemos. Hordas, civilizaciones de gusanos se esconden debajo del parquet. Se alimentan de la propia casa, crecen y se expanden con un único pensamiento, una concreción de voluntades: conquistar el mundo.

Veo cómo la repugnancia y el rechazo se apoderan de la expresión de la cara de estos tontos e impiden que el cuerpo, el ansia constante de los cuerpos, se proyecte en algún sitio que no sea el presente. Entonces es cuando digo que voy a hablar con el propietario. Hago como si buscara el móvil y me voy a la habitación. Si no fuera por María simularía una conversación, pero no puedo mentir con ella ahí. No estoy segura de que me vea ni de que me oiga. De todos modos, tengo la sensación de que me vigila. Tengo esa sensación en el cuarto, aunque nunca me entretengo ahí más de dos minutos. Pero también la tengo en la cocina cuando hago la comida y cuando me tumbo un par de horas en el sofá o cuando entro en la ducha y maldigo el calentador. Sin embargo, lo más curioso es que a veces tengo la sensación de que su vigilancia viene conmigo. De que me acompaña, como el enamorado va siempre con la persona enamorada.

No hay nadie en casa. Solo nosotras. Por primera vez en la vida entiendo el significado de la expresión «silencio sepulcral». No es que antes siempre hubiera alguien. Lo cierto es que tanto Olga como Mundo pasaban fuera gran parte del día. Pero era como si todas sus pertenencias, la comida que guardaban en los estantes, la ropa tendida, los botes de champú e incluso los insignificantes bastoncillos de algodón para los oídos, todos estos objetos mudos, inanimados, profirieran un murmullo, un mantra repitiendo constantemente el nombre de sus propietarios. Ahora que solo quedan mis cosas, que son poquísimas, todas de primera necesidad, se respira un orden extraño emparentado con el abandono que recuerda a los sanatorios o a esos hoteles de la costa que cierran en otoño.

El silencio es uno y tiene una sola cara. Y, como la gravedad, sin hacer nada lo chupa todo. No descansa. Se traga todos los sonidos, todas las vibraciones, todas las palabras. El silencio está vivo como yo. Lo sé porque late, y no es mi latido lo que oigo en él. Me he hartado de fregar escaleras y terminar jadeando y tener que parar un segundo. Mi corazón ha golpeado ese segundo como si quisiera triturarlo, ha convocado la pulsación correspondiente y he podido descansar en ella. Creo que María se está confundiendo. Es como estar en presencia de una Venus primitiva o de un faraón. El cuerpo hierático, los ojos dilatadísimos, la boca sonriente. Tiene un aura densa, hecha de olor, parece que le exude y es tan potente que tengo que dejar la ventana abierta. Por extraño e incomprensible que sea, la sola presencia de María en casa, en una habitación, me impresiona. Sin tener pruebas ni ninguna explicación, estoy segura de que realmente no hace nada pero algo gordo le pasa.

Me gustaría que María saliera de la habitación y llenara la casa de todo lo que es suyo. Pero no tiene nada más que la ropa que lleva puesta y que no ha lavado ni una vez. No sé cómo no me he dado cuenta antes. Abro el armario y saco una camiseta y unos pantalones de pijama para que se los ponga mientras hago la colada. Se los ofrezco. Me mira como si fuera yo la que no entiende, con la boca amable y los ojos opacos, inquietantes como nudos de árbol. Quiero insistir pero me detiene esa mano, que ya no es de carne, sino de marfil o de ébano pintado y repintado hasta dejarla sin edad. Qué dedos tan finos, el doble de largos. No sé por qué los dedos largos convierten la mano en algo sabio. Podrían coger el mundo. Podrían haberlo creado. No hace falta que me diga nada.

La dejo sola en lo que ya es su estancia y decido instalarme en una de las habitaciones de la entrada. Me llevo mi ropa y el dinero. Barro el suelo y después lo friego de rodillas, con el cubo al lado, un cepillo en una mano y una bayeta en la otra. Paso una gamuza por los muebles. Limpio los cristales y los dejo inmaculados, hasta el punto de que parece que no hay, como si de pronto toda la casa se hubiera llenado de escudos, de cruces y de arcos. Cambio las sábanas de la cama, sacudo la manta y la pongo encima. Me tumbo y cierro los ojos. Son las seis o las siete de la tarde. Un pajarito ardiente se ha quedado atrapado entre las zarzas de mi pensamiento. Una idea que se me escapa, pero que está ahí, en algún sitio, presente, presente. Y grita. Abro los ojos y miro fijamente las manchas de humedad del techo, que parecen acuarelas y bajan por las paredes. Son caras de mujer con velo, monjas emparedadas. Tienen los ojos abiertos de par en par, las mejillas chupadas y, por boca, vocales petrificadas. Cierro los ojos y los aprieto con fuerza, hago un mohín para notarme la cara. No estoy cansada, tengo dentro un núcleo encendido, el líquido que conforma las decisiones. Se me abre el cuerpo, las manos son el cráter. El discurso, el discurso es al silencio lo que el pájaro al tejado. Lo escucho como si leyera, con la mirada íntimamente unida a la voz que salta y canta.

Dejo de prepararle el desayuno a María. Se ha adelgazado pero tiene una paloma en cada mejilla y se le nota la barriga, como si llevara un huevo escondido debajo del vestido. Me da la sensación de que pronto le bastará con beber agua, y ni siquiera la bebe, la absorbe. Al anochecer, cuando la casa se enfría y se encoge, mientras hago la cena con una manta sobre los hombros, aprovecho que caliento agua para llevarle un barreño a María. Lo dejo en el suelo para que se remoje los pies. Son tan pequeños, están tan desangrados… Se los toco y parecen de mármol. Estoy segura de que le pican dentro del agua humeante. Se los froto para devolverles la vida. María me mira como si todo lo que pasa –los pies que se reaniman, el agua que se enfría, mi inclinación, la atención propia de toda inclinación– no fuera real o fuera algo demasiado concreto, demasiado mundano. Le abrigo las rodillas con la manta y me voy. Ceno y ordeno la casa. La estoy vaciando, la estoy limpiando a fondo, una habitación detrás de otra. Quiero que evoque la palabra «pulcritud», que sea un sitio amable para María en el que cada espacio cumpla una función o tenga un sentido.

La casa tendría que abrazarnos y, para conseguirlo, hay que crear un vacío.

Poco antes de irme a dormir entro en su habitación a recoger el barreño y a darle las buenas noches. No queda agua y sé que no se la ha bebido. La ha chupado toda con las raíces de los pies. Entonces me doy cuenta de que es muy joven y de que florece como un brote tierno en un tronco muerto.

La casa es un desierto y quiere tentarme. Me tapo los oídos y grito para no oír las voces falsas. Cierro los ojos para evitar los espejismos. Vivo con María. Los días, parecidos pero nunca idénticos, son un castigo. La noche es el ungüento. Contemplo a María. Le miro los ojos apagados, los codos rígidos, la mano que le tapa un pecho. Noto que algo me vence, una fatiga escrita. No sé por qué caigo delante de ella, me abro para darle lo más preciado que tengo en este momento, la vigilia.

Tengo trabajo. He ido a una ETT y solo he tenido que esperar una llamada. No me ha parecido especialmente difícil, creía que tardaría días. De momento tengo un contrato para una semana.

Hoy es el primer día. Duermo vestida. Me levanto de madrugada y ni siquiera me lavo la cara, me voy. Cruzo el pueblo y llego a la empresa a las cinco. Está en el piso bajo de un edificio, cerca del riachuelo y de los huertos. Llamo a la persiana metálica pero no responde nadie. Me subo el cuello del abrigo y saco un chicle. Hace tanto frío que no puedo ni masticar, solo tengo ganar de volver a casa. Miro el cielo negro, silencioso. Una estrella explora la quietud.

Cuando llega la furgoneta ya no me noto las piernas. Entro en el local con tres mujeres que no paran de hablar. Me dan el uniforme, una bata de manga corta que tengo que ponerme encima de la ropa. Es nueva, azul en los bolsillos y sórdida en cada pespunte. Me quito el abrigo y me la pongo. Qué sensación tan ofensiva. Qué hábito espantoso. Cada botón que paso por el ojal es mentira, y al mismo tiempo es una aceptación.

Cargamos los productos de limpieza en la furgoneta y nos vamos. Veinte minutos de trayecto. Estamos en otra población. Tengo que apearme enfrente de un edificio y me abre un vigilante. Dispongo de dos horas para limpiar un juzgado de paz. Después me tocará fregar escaleras. Trabajo sola, mejor que mejor, en horarios en los que no coincido con casi nadie. Me esmero porque necesito el trabajo. Saco brillo a suelos y cristales, vacío papeleras, quito el polvo de las mesas y mostradores. Lo dejo todo perfecto, no paro ni un segundo.

Me doy cuenta de que no echo de menos las casas, aquellos ámbitos perfectos que daban calor. Paso por el trabajo como la hiena por los restos que dejan los depredadores. Rebaño los huesos hasta que relucen. No me los llevo, no los ordeno, no busco la belleza donde solo hay horror. Ahora este trabajo me lleva una cuarta parte del día. Me pongo auriculares para evitar conversaciones con los guardas y con los vecinos que tienen fobia a los ascensores. No oigo música, no oigo nada fuera de mí, de mis pensamientos y de mi respiración. Trabajo con ganas de volver a casa, dedico el esfuerzo de todos los músculos a la vuelta. Soy el brazo que se entrega a una causa. Noto el pájaro dentro de mí, que ya no salta ni canta. Se me ha metido en el corazón, que ahora es un órgano protector. Hago extensivo el protectorado a todo lo valioso que tengo. Mi vida es una capa tendida sobre el suelo polvoriento. Espero un animal de carga en el silencio. Que pase cargado por encima de mí camino de su cuadra.

A mediodía ya estoy en casa. Cierro la puerta y respiro el aire cerrado, el silencio uterino donde todo es calma.

He cogido flores cerca de los huertos. Las flores de invierno no tienen tallo, salen directamente del suelo sin haber tenido tiempo de colorearse, por eso son pálidas y tienen dientes. Las pongo en un plato con agua. Flotan como nenúfares pequeños. Me lavo las manos y la cara, me tapo la nariz con un pañuelo y le llevo las flores a María. Abro la puerta y me quedo de piedra.

María está de pie, tocando la pared. No veo la silla por ninguna parte. Pero lo extraordinario es que María ha encogido. Tiene la altura de una niña, como si hubiera hecho lo imposible en un momento, cerrarse y ser un capullo que todavía no se ha abierto. No puede ser más bella, más sencilla. El vestido blanco le sirve de túnica, el abrigo azul, de velo. Tiene el pecho plano y la barriga redonda y alta. Le ofrezco las flores. Me gustaría hablar con ella pero no sé cómo, es como estar ante una nube o un halcón.

Me siento en la cama, junto las manos. Dejo que la quietud me mastique. Fuera el día se desviste, una capa tras otra. Se levanta la noche, que es un cuerpo desnudo con una estrella por cicatriz. Cuando ya no queda nada de mí, cuando soy la raspa seca, la semilla amarga, cuando todo lo bueno que tengo tiñe la boca de María, que me ha llamado, que me ha querido y me ha chupado, me voy. Me voy de-

jando la puerta abierta. En el pasillo siento miedo de alejar-
me de ella, un miedo hecho de deseo. No puedo estar sin
ella. Necesito tenerla en el centro, que se caigan las paredes, y consagrarla. Que se pueda ver todo entre columnas,
como se encuentra a Dios entre los árboles de los bosques
piadosos.

Me acaban de decir que antes de finales de año me van a renovar el contrato. Seis horas diarias limpiando oficinas y escaleras. Es una rutina, la manera más fácil de hermanar los días. No me gustan los sitios en los que trabajo, pero me he dado cuenta de que siempre llevo conmigo un sitio mejor, apacible y luminoso como un jardín. Es un pensamiento que cae con las alas abiertas, que tapa la fealdad. Creo en él, en la sombra protectora que me proporciona. En él me entrego a los días, en él soporto el trabajo, los viajes en la furgoneta, las tiendas y las calles hechas de ruido, como si el ruido fuera el cemento con el que se construye la vida torpemente, el material indispensable y grosero que lo reúne todo. Es la certeza de María, que en alguna parte de sí, en las manos quietas, en los ojos fijos y negros o en la barriga arbolada, tiene el hilo por el que resbala el veneno que, con constancia, me llena la boca: la vida.

Necesito el contrato nuevo porque no me puedo imaginar ningún otro mundo para mí más que el santuario incorruptible de la casa, ni ningún otro movimiento que no sea ir y venir entre las habitaciones con el fin de mantener siempre impoluto, siempre florido y atendido el lugar de la adoración. Que las seis horas de trabajo sean del cuerpo. Que el sueño lo curta mientras la consciencia descansa. Que a todas horas esté despierto en mí el celo que hace productivo el cuerpo y clara la consciencia. El celo es voluntad y quiere creer. La voluntad es el gran músculo, más obstinado que el corazón, más resistente que el corazón. Me arrodillo a los pies de María. La noche es una catedral que se abre para que entre, y después se cierra.

Diciembre aporta un pelotón de cuchillos al otoño gélido. Parece que los árboles del patio chillan, inmóviles dentro de su grito, con los ojos crispados y las manos quemadas. La madrugada se encarniza con ellos y después de partirles las ramas empieza a retorcerles el tronco. Hay hielo en el mundo. Hielo en los finos cristales y en la puerta de la entrada. Los cactus se ponen de color lila. Los labios se vuelven de color lila. Las infusiones no se hacen porque el agua se enfría en cuanto toca la taza.

María resplandece como una estrella azul en el frío helador. He sacado los muebles de su habitación. He encerado el suelo, lo friego de rodillas todos los días con un trapo de algodón y esencia de lavanda. Mis rodillas son dos piedras, tengo las manos hinchadas y rojas. He vaciado toda la casa y la he repintado. Me he quedado con cuatro mantas y un colchón. Las noches son importantes, las demás horas son una sala de espera. Las paso con María, reclinada ante ella. Velo mientras las otras casas murmuran y se duermen. El sueño hace hablar a los cuerpos. El sueño contradice lo que piensan los cuerpos. Soy una oreja que pronuncia un nombre y lo repite sin parar para que no le entre ningún otro. Sé que María me ve y me oye. La llamo. La llamo y se hace pequeña. Pesa tan poco que nada la sujeta ya. Se eleva y poco a poco se incrusta en la pared de cal, que tiene una cavidad nueva. Caigo de rodillas mientras, fuera, el invierno revienta las cañerías.

Son la ocho y media de la tarde. Me ha despertado una luz. Un faro que ha perforado los cristales del comedor. Me levanto y aliso las mantas. Voy a la cocina y abro el grifo. No sale agua. Me pongo la chaqueta, la gorra y los guantes y salgo a la calle con una garrafa de plástico.

A diez minutos de casa hay un parque que tiene una fuente. No hay prácticamente nadie en las calles. Los coches se deslizan como sobre hielo, en línea recta y sin hacer ruido. El invierno pasea la lengua por todas partes. El asfalto humea, la acera humea, las casas y las farolas humean. Humeo yo. En un mundo sin chimeneas, el invierno, rebelde, convoca el humo de los antiguos poblados. La intemperie nunca había sido tan insalvable. Sin sitio en las casas para quemar leña, la posibilidad de sucumbir nunca había sido tan atroz.

El parque está oscuro y húmedo. Llega la noche, llega Navidad y con ella, la urgencia de iluminar los caminos. Lleno la garrafa en la fuente y vuelvo. No tengo prisa, no noto el frío ni oigo la conversación de la poca gente que pasa. Cruzo las calles con ganas de iniciar un viaje, como si en vez de la garrafa, llevara un pergamino con un mensaje. El pueblo me parece pequeño, me parece que mi casa está demasiado cerca, las sombras y las siluetas son hostiles y extrañas. Ando lentamente, tengo la sensación de que debo medir el timbre de cada pensamiento. Reconozco todas y cada una de las voces que llevo dentro. Las que argumentan y las que mandan. Las del pánico y las de la alarma. Las voces doloridas siempre autoritarias y las voces acusadoras que se propagan. Si dispusiera de mi cabeza como de una casa encontraría un sitio para cada voz. El sitio de la comodidad donde todo descansa. Cada palabra es un objeto. Cada pensamiento es una estancia y pide que los objetos validen la composición. Tendría que ser posible grabar a fuego, dentro de la propia mente, el orden redentor.

Entro en casa y enciendo una vela. Dejo la garrafa en la cocina y caliento un poco de sopa en un cazo. Pongo una cuchara en la mesa y me dispongo a alimentarme. El trozo de pan se deshace en la sopa clara como pintura seca en disolvente. Como por inercia, sin hambre. Me llevo la cuchara a la boca y me limpio los churretones con un trozo de papel. Cuatro cucharadas. Cinco cucharadas.

A la sexta aparece el gato. Entra en la cocina con la cola rígida y el pelo erizado. Babea con la boca abierta como si se hubiera envenenado. Quiero cogerlo, pero no se deja; intenta arañarme y me lanza un silbido siniestro más propio de una serpiente que de un gato. Le abro la puerta de casa y huye a toda velocidad. Creo que va a purgarse.

Vuelvo a la cocina pero no llego a entrar. En el fondo del pasillo, en la habitación de María, que ya está siempre abierta, hay un resplandor. Un fuego fatuo verdoso que tiñe la pared de una luz móvil, convulsa. Voy. El pasillo es largo y de repente aparece cubierto de hojas de palma hasta el techo. Debajo de los pies, arena blanda. No siento curiosidad, cumplo una alianza. Estoy haciendo el camino reverente de los pobres, el de la adoración.

María tiene el niño en brazos. Está más rígida que nunca, encajada en la cavidad encalada. Ahora ya no solo el cuerpo es de madera durísima, violeta y transparente como la amatista. El pelo, la ropa petrificada, el niño, de la medida de un feto, todo está tieso, inflexible. María ha perdido los ojos. Tiene un pecho al aire y el niño lo pinza con la boca. El pezón exuda leche. La leche de María es un ámbar líquido, la ponzoña milenaria. Me acerco y lo huelo. Me he acostumbrado y ahora me excita. Huelo a María poco a poco. La huelo con los ojos cerrados y la lengua tiesa. Arrimada a la pared, despliego las alas y recorro a María. Mi boca es su lavadero. Le ensalivo las doloridas mejillas, le lamo el cuello plagado de algas, le limpio las ninfas de los dientes. Saboreo los dioses glaciales, los dioses indiferentes y crueles que cristalizan en ella. Le desincrusto el niño, que tiene un cordón azul oscuro en la cabeza, la corona seca en la que se fosiliza la vida. Tiro al niño. Me agarro al pecho de

María y chupo. Cojo a esta virgen con las dos manos y la vacío a tirones. Vomito y sigo chupando. El pezón se desprende del pecho y me lo trago. No oigo los gritos. No oigo los golpes en la puerta ni noto cómo la abaten. El pelotón se me echa encima. Ropa oscura, botas negras, ni un ojo ni una cara. Araño, muerdo, grito. Me arrebatan a María y me esposan mientras forcejeo. Quiero postrarme delante de ella, lavarla otra vez. Saco la lengua y sé que van a sacar una daga. Quieren que enmudezca. Quieren crucificarme. Uno de ellos tapa a María. No soporto que la toquen, que me aparten de ella. Forcejeo. Se me rompen los huesos. Forcejeo. Me agarran por la barbilla y la boca se me llena de vinagre. Me sacan a empujones. Me caigo al suelo y me arrastran. Fuera, la noche traidora se ha arrancado la luna y las estrellas.